Tucholsky   Wagner   Zola   Scott
Turgenev   Fonatne Sydow   Freud   Schlegel
          Wallace
Twain   Walther von der Vogelweide   Fouqué   Friedrich II. von Preußen
          Weber   Freiligrath
Fechner   Weiße Rose   von Fallersleben   Kant   Ernst   Frey
     Fichte   Richthofen   Frommel
          Engels   Fielding   Hölderlin
Fehrs   Faber   Eichendorff Tacitus Dumas
                         Flaubert
                    Eliasberg   Ebner Eschenbach
Feuerbach   Maximilian I. von Habsburg Fock   Zweig
          Ewald   Eliot   Vergil
     Goethe   Elisabeth von Österreich   London
Mendelssohn Balzac   Shakespeare
          Lichtenberg   Rathenau   Dostojewski   Ganghofer
     Trackl   Stevenson   Doyle   Gjellerup
Mommsen   Tolstoi   Hambruch
     Thoma   Lenz   Hanrieder   Droste-Hülshoff
Dach   Verne   von Arnim   Hägele
     Reuter   Hauff   Humboldt
Karrillon   Garschin   Rousseau   Hagen   Hauptmann   Gautier
     Damaschke   Defoe   Baudelaire
                    Descartes   Hebbel
                              Hegel   Kussmaul   Herder
Wolfram von Eschenbach   Schopenhauer
          Darwin   Dickens   Rilke   George
Bronner   Melville   Grimm Jerome
     Campe   Horváth   Aristoteles   Bebel   Proust
Bismarck   Vigny   Barlach   Voltaire Federer
          Gengenbach   Heine   Herodot
Storm   Casanova   Tersteegen   Grillparzer Georgy
     Chamberlain   Lessing   Langbein   Gilm   Gryphius
Brentano   Lafontaine
Strachwitz   Claudius   Schiller   Schilling   Iffland Sokrates
     Katharina II. von Rußland   Bellamy   Kralik
                    Gerstäcker   Raabe   Gibbon   Tschechow
Löns   Hesse   Hoffmann   Gogol   Wilde   Vulpius
Luther   Heym   Hofmannsthal   Gleim
     Roth   Heyse   Klopstock   Klee Hölty   Morgenstern   Goedicke
Luxemburg   Puschkin   Homer   Kleist
          La Roche   Horaz   Mörike
     Machiavelli   Musil
Navarra Aurel   Musset   Kierkegaard Kraft   Kraus
Nestroy Marie de France   Lamprecht Kind   Kirchhoff Hugo   Moltke
          Nansen   Laotse   Ipsen   Liebknecht
Nietzsche   Marx   Ringelnatz
     von Ossietzky   Lassalle   Gorki   Klett   Leibniz
          May   vom Stein   Lawrence   Irving
Petalozzi   Knigge
     Platon   Pückler   Michelangelo   Kafka
Sachs   Poe   Liebermann   Kock
     de Sade   Praetorius   Mistral   Zetkin   Korolenko

Der Verlag tredition aus Hamburg veröffentlicht in der Reihe **TREDITION CLASSICS**
Werke aus mehr als zwei Jahrtausenden. Diese waren zu einem Großteil vergriffen
oder nur noch antiquarisch erhältlich.

Symbolfigur für **TREDITION CLASSICS** ist Johannes Gutenberg (1400 — 1468),
der Erfinder des Buchdrucks mit Metalllettern und der Druckerpresse.

Mit der Buchreihe **TREDITION CLASSICS** verfolgt tredition das Ziel, tausende
Klassiker der Weltliteratur verschiedener Sprachen wieder als gedruckte Bücher
aufzulegen – und das weltweit!

Die Buchreihe dient zur Bewahrung der Literatur und Förderung der Kultur.
Sie trägt so dazu bei, dass viele tausend Werke nicht in Vergessenheit geraten.

Ein fröhlicher Bursch

Bauernnovelle

Bjørnstjerne Bjørnson

Impressum

Autor: Bjørnstjerne Bjørnson
Übersetzung: H. Denhardt
Umschlagkonzept: toepferschumann, Berlin

Verlag: tradition GmbH, Hamburg
ISBN: 978-3-8424-0364-2
Printed in Germany

Ziel der TREDITION CLASSICS ist es, tausende deutsch- und
fremdsprachige Klassiker wieder in Buchform verfügbar zu
machen. Die Werke wurden eingescannt und digitalisiert. Dadurch
können etwaige Fehler nicht komplett ausgeschlossen werden.
Unsere Kooperationspartner und wir von tradition versuchen, die
Werke bestmöglich zu bearbeiten. Sollten Sie trotzdem einen Fehler
finden, bitten wir diesen zu entschuldigen. Die Rechtschreibung der
Originalausgabe wurde unverändert übernommen. Daher können
sich hinsichtlich der Schreibweise Widersprüche zu der heutigen
Rechtschreibung ergeben.

Text der Originalausgabe

Ein fröhlicher Bursch

Bauernnovelle

von

Björnstjerne Björnson

Erstes Kapitel.

Oeyvind hieß er, und er weinte, als er geboren wurde; aber als er erst aufrecht auf dem Schooße der Mutter sitzen konnte, lachte er, und wenn sie des Abends Licht anzündeten, lachte er so, daß es wiederhallte, doch weinte er, als er es nicht anfassen durfte. »Aus dem Buben muß etwas ganz Besonderes werden,« sagte die Mutter.

Ueber die Stätte seiner Geburt neigte sich ein nackter Berg, der aber nicht hoch war: Fichten und Birken blickten von seinem Gipfel nieder, und Traubenkirschen streuten Blüten auf das Dach. Aber oben auf dem Dache weidete unter Oeyvinds Aufsicht ein kleiner Bock, auf diesen Raum war er beschränkt, um sich nicht verlaufen zu können, und Oeyvind trug Laub und Gras zu ihm hinauf. Eines schönen Tages hüpfte der Bock hinab und hinein in das Gebirge; er kletterte gerade aufwärts und gelangte nach Stellen, an denen er nie zuvor gewesen war. Oeyvind sah den Bock nicht, als er nach dem Abendbrote hinauskam, und dachte sogleich an den Fuchs. Es wurde ihm über den ganzen Körper heiß, er blickte sich um und lauschte. »Zickchen!« rief er, »Zickchen, Zickchen!« – »Bä–ä–ä!« antwortete das Böckchen oben am Felsenrande, legte den Kopf auf die Seite und schaute hinab.

Aber neben dem Bocke lag ein kleines Mädchen auf den Knieen. »Gehört dir der Bock?« fragte es. Oeyvind stand mit offenem Munde und großen Augen da und steckte beide Hände in die Hosentaschen. »Wer bist du?« fragte er. – »Ich bin Marit, der Mutter Tochter, des Vaters Geige, des Hauses Geist, Ola Nordistuens Enkelin auf den Heidehöfen, werde im Herbst vier Jahre, zwei Tage nach den Frostnächten.« – »Ei sieh, die bist du also!« sagte er und schöpfte Athem, denn er hatte, so lange Marit sprach, nicht zu athmen gewagt.

»Gehört dir der Bock?« fragte die Kleine wieder.

»Ja, o ja!« sagte er und blickte hinauf. – »Ich habe ein solches Verlangen nach dem Bock bekommen, – willst du ihn mir schenken?« – »Nein, das will ich nicht.«

Sie lag da, schlug mit den Beinen ungeduldig hin und her und blickte zu ihm hinab. »Willst du mir den Bock geben,« fragte sie darauf, »wenn du für ihn eine Butterbrezel bekömmst?« – Oeyvind war armer Leute Kind; nur einmal in seinem Leben hatte er eine Butterbrezel gegessen, als der Großvater zum Besuch gekommen war, und so etwas Leckeres hatte er weder vorher noch nachher gegessen. Er blickte zu der Kleinen hinauf. »Laß mich die Brezel erst einmal sehen!« sagte er. Damit war sie schnell bei der Hand; sie zeigte ihm eine große Brezel, die sie in der Hand hielt. »Hier ist sie!« sagte Marit und warf sie ihm hinunter. »Au, sie brach in Stücke!« klagte der Knabe und sammelte sorgfältig jeden Brocken auf; den allerkleinsten konnte er sich nicht verwehren zu kosten, und der schmeckte so süß, daß er noch einen kosten mußte, und ehe er es selber wußte, hatte er die ganze Brezel verspeist.

»Nun gehört der Bock mir,« sagte Marit. Dem Knaben blieb der letzte Bissen im Munde stecken, während die Kleine zufrieden da lag und lachte; der Bock stand daneben, seine Brust war weiß, sein übriges struppiges Haar braunschwarz und mit schiefem Kopfe schaute er hinunter.

»Könntest du nicht noch etwas warten?« bat der Knabe; das Herz begann ihm zu klopfen. Da lachte die Kleine noch mehr und erhob sich schnell auf die Knie. »Nein, der Bock gehört mir,« sagte sie und schlang die Arme um den Hals desselben, löste eines ihrer Strumpfbänder und band es ihm um den Hals. Oeyvind sah es mit an. Nun stand sie auf und fing an, den Bock hinter sich her zu ziehen; er wollte nicht mit ihr gehen und drehte sich nach Oeyvind um. »Bä-ä-ä-ä!« schrie er. Sie aber faßte ihn mit der einen Hand an der Mähne, zog mit der andern an dem Bande und sagte liebkosend und freundlich: »Komm nur, Böckchen, du darfst mit in die Stube kommen und aus meiner Mutter Schüssel und aus meiner Schürze essen.« – und darauf sang sie:

> Komm, Böckchen, zum Burschen.
> Komm, Kälbchen, dazu,
> Komm, miauendes Kätzchen,
> In schneeweißem Schuh'.
>
> Kommt, Entlein, vom Graben,
> Im Hof euch zu laben;

Holt Futter euch, Küchlein,
Aus meinem Tüchlein! Kommt,

Täublein, hernieder
Mit buntem Gefieder!
Das Gras hier ist wonnig,
Und der Tag ist so sonnig.

Noch früh ists im Sommer,
kaum ist er ja da;
Doch rufst du den Herbst nur,
so ist er schon nah.

Da stand nun das Büblein.

Für den Bock hatte er seit dem Augenblicke seiner Geburt im Winter gesorgt, und nie hätte er sich vorgestellt, daß er ihn verlieren könnte; und nun war es so plötzlich, so unerwartet geschehen, und er sollte ihn nicht mehr sehen.

Trällernd kam die Mutter vom Meeresufer mit hölzernen Kübeln, die sie gescheuert hatte. Sie sah das Büblein, die Beine unter sich, im Grase da sitzen und weinen und ging zu ihm. »Worüber weinst du denn?« – »O, der Bock, der Bock!« – »Ja, wo ist denn der Bock?« fragte die Mutter, indem sie nach dem Dache hinauf blickte. – »Er kommt nie wieder« entgegnete das Büblein. – »Kind, wie ist das zugegangen?« – Er wollte es nicht augenblicklich eingestehen. »Hat der Fuchs ihn geholt?« – »Ja, wollte Gott, es wäre der Fuchs!« – »Bist du von Sinnen!« sagte die Mutter; »was ist aus dem Bock geworden? « – »O weh, o weh, ich ließ mich verleiten, ihn für eine Butterbrezel zu verkaufen!« –

Als er diese Worte hervorstammelte, ging ihm ein Verständnis dafür auf, was es heißen wollte, den Bock für eine Brezel zu verkaufen; vorher hatte er nicht daran gedacht. Die Mutter versetzte: »Sage selbst, was wird das Böckchen wohl von dir denken, daß du es für eine Brezel verkaufen konntest?«

Und das Büblein dachte selbst daran und verstand sehr gut, daß es hier in der Welt nie wieder froh werden könnte, und nicht einmal bei Gott, dachte es später.

So tiefen Kummer fühlte er, daß er sich selbst gelobte, nie wieder etwas Böses zu thun, weder den Faden am Spinnrocken abzuschneiden, noch die Schafe hinauszulassen, noch allein nach der See hinabzugehen. Er schlief, wo er lag, ein und träumte, der Bock wäre ins Himmelreich gekommen. Gott stand, wie er im Katechismus abgebildet ist, mit großem Barte da, und der Bock fraß von einem glänzenden Baume das Laub ab; aber Oeyvind saß einsam auf dem Dache und konnte nicht hinaufkommen.

Da kam ihm mit einem Male etwas Nasses ins Ohr, so daß er schlaftrunken in die Höhe fuhr. »Bä–ä–ä–ä!« klang es, und es war der Bock, der wieder zurückgekehrt war.

»Bist du denn wieder gekommen, mein Böckchen?« Er sprang auf, ergriff es bei beiden Vorderbeinen und tanzte mit ihm als wären sie Brüder; er zupfte es am Barte und wollte mit ihm gerade zur Mutter hinein, als er jemanden hinter sich hörte und das Mädchen dicht neben sich auf dem Rasen sitzen sah. Jetzt verstand er alles; er ließ den Bock los. »Bist du mit ihm hergekommen?« fragte er. Die Kleine saß verlegen da, riß Gras mit den Händen aus und sagte: »Ich darf das Böcklein nicht behalten; Großvater sitzt dort oben und wartet.« Während der Knabe noch dastand und sie anblickte, hörte er eine scharfe Stimme oben vom Wege her rufen: »Nun, wird es bald?« Da fiel ihr wieder ein, was sie thun sollte; sie stand auf, ging auf Oeyvind zu, hielt ihm ihr eines fleischiges Händchen hin, blickte verlegen auf die Seite und sagte: »Verzeih' mir!« Aber damit war ihr Muth auch vorbei, sie warf sich neben dem Bocke nieder und weinte.

»Ich meine, du darfst den Bock behalten,« sagte Oeyvind und blickte fort.

»Beeile dich jetzt!« rief Großvater oben auf dem Berge. Und Marit ging langsamen Schrittes den Berg hinauf. »Du vergißt dein Strumpfband,« rief ihr Oeyvind nach. Da wandte sie sich um, und sah erst das Band, dann ihn an. Endlich faßte sie einen großen Entschluß und sagte mit unterdrückten Thränen: »Das kannst du behalten!« Er eilte ihr nach und ergriff sie bei der Hand. »Ich danke dir von Herzen,« sagte er. – »Ei dafür ist nichts zu danken,« erwiderte sie, stieß einen unendlich tiefen Seufzer aus und schritt weiter.

Er setzte sich wieder auf den Rasen, der Bock ging dicht an seiner Seite, aber er hatte ihn nicht mehr so lieb wie sonst.

Zweites Kapitel.

Jetzt wurde der Bock am Hause angebunden, aber Oeyvinds Augen hafteten immer nur am Berge. Die Mutter kam zu ihm hinaus und setzte sich neben ihn. Er wollte von ihr Märchen über Dinge aus weiter Ferne hören, denn der Bock genügte ihm jetzt nicht mehr. Da hörte er denn, daß einst alles hätte reden können; der Berg redete mit dem Bache und der Bach mit dem Flusse und der Fluß mit dem Meere und das Meer mit dem Himmel; aber nun fragte der Knabe, ob denn der Himmel nicht auch mit jemandem redete. Ei ja, der Himmel redete mit den Wolken, die Wolken mit den Bäumen, die Bäume mit dem Grase, das Gras mit den Fliegen, die Fliegen mit den Thieren, die Thiere mit den Kindern, die Kinder mit den Erwachsenen; und so ging es immer weiter, den ganzen Kreislauf der Dinge hindurch, bis sie nicht wußten, wo ein Ende zu finden war. Oeyvind sah den Berg, die Bäume, die See und den Himmel an, und so wie heute hatte er sie früher wirklich nie gesehen. In diesem Augenblicke kam die Katze aus dem Hause und legte sich in die Sonne. »Was sagt denn die Katze?« fragte Oeyvind und zeigte auf sie hin. Die Mutter sang:

> Herrlich ist bei Sonnenschein,
> Faul liegt Kätzchen auf dem Stein.
> »Mäuschen nahm ich am Schopf,
> Sahne leckt' ich vom Topf,
> Und vier kleine Fisch'
> Stahl ich vom Ladentisch;
> Bin nun rund und satt,
> Lieg' da träg und matt,«
> Sagt da's Kätzchen.

Nun kam aber auch der Hahn mit allen Hühnern. »Was sagt der Hahn?« fragte Oeyvind und schlug die Hände zusammen. Die Mutter sang:

> Während Bruthuhn stets die Flügel senket,
> Steht Herr Hahn auf einem Bein und denket.
> »Aufgeblas'ne Gans,

Watschelt wie im Tanz;
Doch an Verstand sie gleicht
Nimmer dem Hahn so leicht!
Fort, zum Stall, ihr Hennen, munter.
Mir ist's recht, geht die Sonn' bald unter,«

sagte der Hahn.

Aber jetzt saßen wieder zwei kleine Vögel oben auf der Dachfirste und sangen. »Was sagen die Vögel?« fragte Oeyvind und lachte.

»Lieber Gott, das Leben ist so gut.
Weiß man nicht, wie schwer die Arbeit thut,«

sangen die Vögel. Und nach und nach erfuhr er, was alle sagten bis zur Ameise hinab, welche durch den Sumpf kroch, und bis zum Wurme, der in der Rinde pickte.

Denselben Sommer begann die Mutter ihn lesen zu lehren. Die Bücher hatte er längst besessen und viel darüber nachgedacht, wie es wohl zugehen würde, wenn auch sie zu sprechen anfingen. Nun wurden die Buchstaben zu Thieren, Vögeln und zu allem, was da kreucht und fleucht. Aber bald begannen sie zusammen zu gehen, immer zwei und zwei; a blieb stehen und ruhte sich unter einem Baume aus, der b hieß, und dann kam e und machte es ebenso. Als sie aber zu Dreien und Vieren kamen, da war es, als würden sie böse auf einander; es wollte nicht recht gehen. Und je weiter er kam, desto mehr vergaß er, was sie waren; am längsten erinnerte er sich des a, welches er am liebsten hatte; es war ein schwarzes Lämmchen und hatte alle zu Freunden; aber bald vergaß er auch das a; das Buch hatte keine Märchen, sondern nur Aufgaben.

Da geschah es eines Tages, daß die Mutter zu ihm ins Zimmer trat und sagte: »Morgen fängt wieder die Schule an, dann sollst du mit mir nach dem Schulhause hinaufgehen.« Oeyvind hatte gehört, daß die Schule ein Ort wäre, wo viele Knaben spielten, und gegen Spielen hatte er durchaus nichts. Er war äußerst zufrieden; im Schulhause war er schon oft gewesen, freilich nicht zur Schulzeit, und deshalb ging er die Berge, die zu ihm hinaufführten, voller Sehnsucht, sein Ziel zu erreichen, schneller als die Mutter hinauf.

Endlich langten sie an dem Hinterhause an. Ein entsetzliches Gesumme, ähnlich wie aus der Mühle daheim, schallte ihnen entgegen, und er fragte die Mutter, was das wäre. »Das rührt von den vielen Kindern her, die gerade lesen,« erwiderte sie, und er ward sehr froh, denn auf diese Weise hatte auch er gelesen, ehe er die Buchstaben kannte. Als er in das Schulzimmer kam, saßen darin um einen Tisch so viele Kinder, daß es selbst in der Kirche nicht mehr Leute geben konnte; andere saßen auf ihren Eßränzeln die Wände entlang; wieder andere standen in kleinen Gruppen um eine Tabelle. Der Schulmeister, ein alter Mann mit grauen Haaren, saß aus einem Schemel am Herde und stopfte sich die Pfeife. Als Oeyvind in Begleitung seiner Mutter eintrat, sahen alle auf, und das Mühlradgesumme hörte mit einem Male auf, gerade wie bei einer Mühle, wenn das Wasser gestauet wird. Alle blickten die Eintretenden an; die Mutter grüßte den Schulmeister, der den Gruß erwiderte.

»Hier bringe ich ein Büblein, das Lust hat, lesen zu lernen,« sagte die Mutter. – »Wie heißt das kleine Wesen?« fragte der Schulmeister und griff tief in seinen Lederbeutel, um Tabak herauszulangen.

»Oeyvind,« entgegnete die Mutter; »er kennt die Buchstaben bereits und versteht sie zusammenzusetzen.« – »Ei sieh! Das ist schön!« sagte der Schulmeister. »Komm einmal her, Flachsköpfchen!« Der Knabe ging zu ihm hin; der Schulmeister setzte ihn auf seinen Schoos und nahm ihm die Mütze ab. »Ein ganz allerliebster kleiner Bengel!« sagte er und strich ihm durch das Haar. Oeyvind schaute ihm in die Augen und lachte. »Lachst du etwa über mich?« fragte der Lehrer, die Stirne runzelnd. – »Ueber keinen andern,« entgegnete Oeyvind und brach in lautes Gelächter aus. Da lachte auch der Schulmeister, die Mutter lachte, die Kinder begriffen, daß sie jetzt ebenfalls lachen durften, und nun lachten sie allesammt.

So war Oeyvinds Aufnahme in die Schule.

Als er sich setzen sollte, wollten ihm alle Platz an ihrer Seite machen; er sah auch lange überlegend umher; sie flüsterten und winkten; er wandte sich, die Mütze in der Hand und das Buch unter dem Arme nach allen Richtungen um. »Nun, wird es bald werden?« fragte der Schulmeister, der sich wieder mit seiner Pfeife zu thun machte. Während er sich nach dem Schulmeister umdrehen will, gewahrt er dicht neben ihm am Herde Marit mit den vielen Namen auf einem rothgemalten Eßkörbchen sitzen; sie hatte ihr Gesicht mit beiden Händen bedeckt und saß, verstohlen nach ihm hinblickend, da. »Hier will ich sitzen!« rief Oeyvind schnell, ergriff einen Eßkorb und setzte sich an ihre Seite. Nun erhob sie ein wenig den einen Arm und sah ihn unter dem Ellbogen durch an. Sofort versteckte auch er sein Gesicht hinter beiden Händen und schaute sie ebenfalls unter dem Ellbogen an. So saßen sie beide da und schnitten einander Gesichter, bis sie lachte, dann lachte auch er, und die Kinder, welche es gesehen hatten, lachten ebenfalls. Da aber fuhr eine fürchterlich donnernde Stimme dazwischen, die jedoch nach jedem Worte milder klang: »Still, ihr Kobolde, ihr Gewürm, ihr Taugenichtse, still! – still, und seid hübsch artig, ihr Zuckerferkelchen!« – Es war der Schulmeister, dessen Weise es war aufzubrausen, aber wieder gut zu werden, ehe seine Rede zu Ende war. Augenblicklich wurde es in der Schule ruhig, bis sich die Pfeffermühlen von neuem in Bewegung setzten; sie lernten laut, jeder aus seinem Buche; die feinsten Diskantstimmen spielten auf, die gröberen trommelten lauter und immer lauter, um das Uebergewicht zu behalten, und bisweilen krähte eine oder die andere Mittelstimme dazwischen; so vergnügt hatte sich Oeyvind sein Lebtage noch nicht gefühlt.

»Ist es hier immer so?« flüsterte er Marit zu. – »Ei, freilich!« versetzte sie.

Nach einer Weile mußten sie hin zum Schulmeister und lesen; darauf mußten sie unter Leitung eines kleinen Burschen weiter lesen, und dann durften sie sich wieder ruhig auf ihre Plätze setzen.

»Nun habe ich auch einen Bock bekommen,« sagte sie. – »Wirklich?« – »Ja, aber so schön wie deiner ist er doch nicht.« – »Weshalb bist du denn nicht öfter nach dem Berge gekommen?« – »Großvater fürchtet, ich könnte hinunterfallen.« – »Er ist ja gar nicht so hoch,« – "Großvater erlaubt es doch nicht.«

»Mutter kann so viele Lieder,« erzählte er. – »O, Großvater kann eben so viele, darauf kannst du dich verlassen.« – »Aber er kann die nicht, die Mutter kann.« – »Großvater kann sogar einen Tanz. Willst du ihn hören?« – »Ja, gern!« – »Dann mußt du jedoch näher an mich heranrücken, damit der Schulmeister es nicht hört.« Er rückte näher, und nun sagte sie vier-, fünfmal einige Verse eines Liedes auf, bis er sie auswendig wußte, und das war das Erste, was er in der Schule lernte.

>>Tanz!<< rief die Fiedel.
Die Saiten erklangen,
Die Burschen sprangen
Wie hurtige Rädchen.

>>Halt!<< rief der Opa,
Ihm schwindelt im Kopf;
Da liegt schon der Tropf,
Und es lachen die Mädchen.

>>Hopp!<< sagte Erik
Und stieß dann mit Macht,
Daß laut es kracht,
Gen die Decke gleich.

>>Halt!<< sagte Elling,
Und wirft ihn, o Graus,
Zur Thüre hinaus:
>>Du bist noch zu weich!<<

>>Hei!<< sagte Rasmus,
Faßt' Randi ums Mieder,
>>Den Kuß gieb mir wieder,
Den einst ich dir gab.<<

>>Nein!<< sagte Randi,
Ergab sich ihm nicht,
Schlug ihm ins Gesicht,
>>Das ist's, was ich hab'.<<

>>Auf, Kinder!<< rief der Schulmeister; >>da es heute der erste Schultag ist, will ich euch früh frei geben; aber erst wollen wir beten und singen.<< Da gab es Leben in der Schule, sie hüpften über die Bänke, liefen im Zimmer umher, und schwatzten alle durcheinander, >>Still, du Teufelsbrut, ihr jungen Elstern und wilde Füllen, – still und

hübsch leise auftreten, liebe Kinder!« sagte der Schulmeister, und ruhig stellten sie sich auf, worauf der Schulmeister vor sie hintrat und ein kurzes Gebet hielt. Darauf sangen sie; der Schulmeister begann mit kräftigem Basse, alle Kinder standen mit gefalteten Händen da und sangen mit; Oeyvind stand als der unterste neben Marit an der Thür; sie falteten ebenfalls die Hände, konnten aber nicht mitsingen.

Das war der erste Tag in der Schule.

Drittes Kapitel.

Oeyvind wuchs heran und ward ein munterer, wackerer Bursch. In der Schule gehörte er zu den Tüchtigsten und daheim war er zu jeder Arbeit geschickt. Das kam daher, weil er daheim die Mutter und in der Schule den Schulmeister lieb hatte; den Vater sah er selten, denn dieser befand sich entweder auf de Fischfang oder war in ihrer Mühle beschäftigt, in der das halbe Kirchspiel mahlen ließ.

Was im Laufe dieser Jahre am meisten auf sein Gemüth eingewirkt hatte, war die Geschichte des Schulmeisters, die ihm seine Mutter eines Abends, als sie am Kamine saßen, erzählt hatte. Sie durchwehte gleichsam seine Bücher, verrieth sich in jedem Worte, welches der Schulmeister redete, und wandelte schattenhaft durch die Schule, wenn es still war. Sie flößte ihm Gehorsam und Ehrfurcht ein und ein leichteres Verständnis für alles, was gelehrt wurde. Die Geschichte lautete folgendermaßen:

Baard hieß der Schulmeister; er hatte noch einen Bruder Namens Anders. Sie liebten einander aufrichtig, ließen sich beide anwerben, lebten in der Stadt bei einander, machten den Krieg mit, in dem sie beide zu Corporalen befördert wurden, und dienten bei derselben Compagnie. Als sie nach dem Kriege wieder heimkamen, galten sie in aller Augen für zwei stattliche Männer. Da stirbt ihr Vater; er hatte viel Hab und Gut, welches sich schwer theilen ließ, und deshalb besprachen sie sich, daß sie auch diesmal nicht uneinig werden wollten. Alles sollte öffentlich verkauft werden, so daß jeder kaufen könnte, was er wünschte, und den Erlös wollten sie brüderlich theilen. Wie gesagt, so gethan! Allein der Vater hatte eine große goldene Uhr besessen, die weit und breit in großem Rufe stand, weil sie die einzige goldene Uhr war, welche die Leute in dieser Gegend je gesehen hatten; und als sie nun ausgerufen wurde, wollten viele reiche Männer sie erwerben, bis endlich auch die beiden Brüder darauf zu bieten begannen; darauf standen die andern von jedem Gebote ab. Nun erwartete Baard von Anders, er würde ihn in den Besitz der Uhr gelangen lassen, und Anders erwartete von Baard dasselbe; sie gaben jeder ein Gebot ab, um einander auf die Probe zu stellen, und blickten während des Gebotes einander an. Als sich der Preis bis auf zwanzig Thaler gesteigert hatte, meinte Baard, daß der Bruder nicht recht gethan hätte, trieb aber selbst den Preis bis auf dreißig Thaler; da Anders noch immer nicht zu bieten aufhörte, dachte Baard, Anders schiene sich nicht zu erinnern, wie gut er oft gegen ihn gewesen wäre, und er sei noch dazu der älteste, und so überbot er ihn. Anders machte wieder ein höheres Gebot. Da bot Baard auf einmal vierzig Thaler und sah den Bruder nicht mehr an; in dem Auctionszimmer war es ganz still, nur der Ausrufer wiederholte ruhig den Preis. Anders stand da und dachte, hätte Baard die Mittel vierzig Thaler zu geben, so hätte er sie auch, und gönnte ihm die Uhr nicht, so müßte er sie sich zu erschwingen suchen; er überbot ihn also. Dies kam Baard als die höchste Schande vor, die ihm je zugefügt wäre; er bot, und zwar ganz leise, fünfzig Thaler. Viele Leute standen rings umher, und Anders dachte, so dürfte er sich nicht vor aller Leute Ohren von dem Bruder verhöhnen lassen, und überbot ihn. Da lachte Baard: »hundert Thaler und meine Brüderschaft dazu,« sagte er, wandte sich um und verließ das Haus. Eine Weile darauf kam jemand zu ihm heraus, während er damit beschäftigt war, das Pferd zu satteln, welches er kurz vorher gekauft hatte. »Die Uhr ist dein,« sagte der Mann, »Anders hat nachgegeben.« Als Baard dies vernahm, durchzuckte es ihm wie Reue; er dachte an den Bruder und nicht an die Uhr. Der Sattel war aufgelegt, aber er stand, die Hand auf den Rücken des Pferdes gelegt, noch ungewiß da, ob er abreiten sollte. Da strömten viele Leute heraus, in ihrer Mitte auch Anders, und als er den Bruder neben dem gesattelten Pferde stehen sah, konnte er freilich nicht wissen, welche Gedanken ihn in diesem Augenblicke bewegten. Noch immer aufgeregt rief er deshalb zu ihm hinüber: »Dank für die Uhr, Baard! Du sollst sie an dem Tage nicht gehen sehen, an dem sich unsere Wege wieder kreuzen!« – »Auch nicht an dem Tage, an dem ich wieder nach deinem Hause reite!« erwiderte Baard mit bleichem Gesichte und schwang sich auf das Pferd. Keiner von ihnen betrat mehr das Haus, in dem sie mit dem Vater zusammen gewohnt hatten.

Kurze Zeit darauf verheirathete sich Anders mit einer Käthnerstochter, lud aber Baard nicht zur Hochzeit ein; Baard war auch nicht in der Kirche. Im ersten Jahre nach seiner Verheirathung wurde die einzige Kuh, welche er besaß, dicht hinter seinem Hause, wo sie geweidet hatte, todt gefunden, und niemand konnte entdecken, woran sie gestorben war. Mehrere Unglücksfälle traten hinzu, und es ging mit ihm rückwärts; am schlimmsten aber wurde es, als mitten im Winter seine Scheune mit allem, was darin war, abbrannte; niemand wußte, wie das Feuer ausgebrochen war. »Das hat jemand gethan, der mir übel will,« sagte Anders und weinte des Nachts bitterlich. Er wurde ein armer Mann und verlor die Lust zur Arbeit.

Da stand Baard den nächsten Abend in seiner Hütte. Anders lag im Bette, sprang aber, als jener eintrat, auf. »Was willst du hier?« fragte er, und blieb darauf schweigend stehen, während er den Bruder unverwandt anblickte, Baard zögerte einen Augenblick, ehe er antwortete: »Ich will dir Hilfe anbieten, Anders, es geht dir nicht gut.« – »Ich habe es, wie du es mir gewünscht hast. Baard! Geh, oder ich weiß nicht, ob ich mich länger bezähmen kann.« – »Du irrst dich, Anders; mich reut – –« – »Geh, Baard, oder Gott gnade dir und mir!" Baard trat auch einige Schritte zurück; mit zitternder Stimme fragte er: »Willst du die Uhr haben, so sollst du sie bekommen!« – »Geh, Baard!« schrie der Andere, und Baard hatte nicht den Muth, länger zu säumen, sondern ging.

Mit Baard hatte es sich aber so zugetragen. Sobald er vernahm, daß der Bruder Noth litt, ging ihm das Herz auf, wenn auch sein Stolz noch nicht gebrochen war. Er fühlte das Bedürfnis, die Kirche zu besuchen, und dort faßte er gute Vorsätze, allein er vermochte sie nicht auszuführen. Oft kam er so weit, daß er des Bruders Haus sehen konnte, aber bald kam jemand zur Thüre hinaus, bald war ein Fremder darin, ein anderes Mal wieder stand Anders vor der Thür und hackte Holz, so daß immer etwas dazwischen trat. Aber eines Sonntags gegen Winter war er wieder in der Kirche, und auch Anders wohnte dem Gottesdienste bei. Baard gewahrte ihn; er war bleich und mager geworden, er trug noch immer dieselben Kleider wie früher, als sie zusammen waren, aber jetzt waren sie alt und geflickt. Während der Predigt sah er zum Pfarrer auf der Kanzel empor, und Baard kam es vor, als sähe er gut und sanft aus, er gedachte ihrer Kinderjahre, und wie gut der Bruder damals gewesen. Baard selbst ging an diesem Tage zum Abendmahle und gelobte Gott feierlich, sich mit seinem Bruder zu versöhnen, möchte kommen, was da wollte. Dieser Vorsatz erfüllte seine Seele, während er aus dem Kelche trank, und als er sich von den Knien erhob, wollte er gleich auf ihn zugehen und sich neben ihn setzen; aber leider saß ihm jemand im Wege, und der Bruder blickte nicht auf. Nach der Predigt stand ihm wieder etwas im Wege; die Menschenmenge, war zu groß, auch ging seine Frau neben ihm, und mit ihr war er nicht bekannt. Er hielt es für das Beste, zu ihm selbst in sein Haus zu gehen und ernstlich mit ihm zu reden. Als der Abend kam, that er es. Er ging gerade auf die Stubenthür zu und lauschte; da hörte er seinen Namen nennen; die Frau sprach von ihm. »Er ging heute zum Tische des Herrn,« sagte sie, »er dachte deiner gewiß.« – »Nein, er dachte nicht an mich,« versetzte Anders; »ich kenne ihn; er denkt nur an sich selbst.«

Darauf herrschte langes Schweigen; Baard wurde es heiß, wo er stand, obgleich es ein kalter Abend war. Die Frau machte sich drinnen mit einem Topfe zu schaffen, auf dem Herde knisterte und prasselte es, bisweilen ließ sich das Weinen eines kleinen Kindes vernehmen, und dann wiegte es Anders. Plötzlich sagte die Frau: »Ich glaube, ihr denkt beide aneinander, ohne daß ihr es eingestehen wollt!« – »Laß uns von etwas anderem reden!« erwiderte Anders. Nach einer Weile erhob er sich und ging auf die Thüre zu. Baard mußte sich schnell in dem Holzverschlage verbergen; gerade dorthin schritt auch Anders, um einen Armvoll Holz zu holen. Baard stand in der Ecke und sah ihn deutlich; der Bruder hatte seine abgetragenen Sonntagskleider abgelegt und trug die Uniform, die er ans dem Kriege mitgebracht hatte. Auch Baard besaß eine gleiche Uniform, aber beide hatten einander versprochen, sie nie zu tragen, sondern sich gegenseitig zu vererben. Anders' Uniform war jetzt geflickt und zerrissen; sein kräftiger, wohlgewachsener Körper steckte wie in einem Bündel Lappen.

Während Baard dies bemerkte, hörte er gleichzeitig die goldene Uhr in seiner eigenen Tasche picken. Anders ging dorthin, wo die Reisbündel lagen; anstatt sich jedoch sogleich hinabzubücken und eine Tracht aufzuraffen, blieb er stehen, lehnte sich mit dem Rücken gegen eine Holzschicht und schaute zum Himmel empor, an dem die Sterne hell flimmerten. Darauf seufzte er tief auf und sagte: »Ja – ja – ja; – mein Gott, mein Gott!«

So lange Baard lebte, hörte er unaufhörlich diesen Seufzer. Er wollte jetzt schnell auf ihn zutreten, aber in demselben Augenblicke hustete der Bruder, und dies schien ihm schwer anzukommen; das reiche aus, um seinen Fuß zu hemmen. Anders nahm nun sein Reisbündel und streifte so dicht an Baard vorüber, daß ihm die Reiser schmerzhaft ins Gesicht schlugen.

Wohl zehn Minuten blieb er noch regungslos auf demselben Flecke stehen, und wer weiß, wann er wieder gegangen wäre, wenn ihn nicht infolge der heftigen Erregungen ein solcher Frost befallen hätte, daß er am ganzen Körper bebte. Nun erst verließ er den Holzstall; er gestand es sich offen ein, daß er zu feige war hineinzugehen, und hatte deshalb einen anderen Plan ersonnen. In der Ecke, die er eben verlassen hatte, stand ein Kasten mit Asche; aus diesem nahm er einige noch glühende Kohlen, suchte ein Stückchen trocknes Holz, ging auf die Tenne, schloß hinter sich zu und machte Feuer an. Als das Holz brannte, hob er es empor, um den Nagel zu finden, an welchen Anders seine Laterne zu hängen pflegte, wenn er des Morgens ganz früh in die Scheune ging, um zu dreschen. An diesen Nagel hing er seine goldene Uhr, löschte das Stückchen Holz aus und fühlte sich, als er ging, so erleichtert, daß er wie ein junger Bursch über den Schnee lief.

Den Tag darauf hörte er, daß die Scheune in derselben Nacht abgebrannt wäre. Vermuthlich waren Funken von dem Span, mit dem er leuchtete, als er die Uhr anhängte, in Stroh gefallen.

Dies erschütterte ihn dergestalt, daß er den Tag über krank im Bette liegen blieb, sein Gesangbuch nahm und sang, sodaß die Leute im Hause glaubten, er müßte den Verstand verloren haben. Aber am Abend ging er aus; es war heller Mondschein. Er ging nach dem Gehöft seines Bruders, grub auf der Brandstätte im Schutte – und fand richtig einen kleinen zusammengeschmolzenen Goldklumpen; das war die Uhr.

Mit ihr in der Hand ging er an jenem Abend zum Bruder, bat um Frieden und wollte sich erklären. Aber es ging, wie bereits erzählt ist.

Ein kleines Mädchen hatte ihn an der Brandstätte graben sehen; einige Burschen, die zum Tanze gingen, hatten ihn den vorhergehenden Sonntagsabend nach dem Käthnergehöft hingehen sehen, seine eigenen Leute erzählten wieder, wie sonderbar er am Montage gewesen wäre, und da nun alle wußten, daß bittere Feindschaft zwischen den Brüdern bestand, so leitete das Gericht die Untersuchung gegen Baard ein.

Niemand konnte ihm etwas beweisen, aber der Verdacht ruhte auf ihm; jetzt konnte er sich seinem Bruder noch weniger als je nähern.

Anders hatte, als die Scheune brannte, sofort an Baard gedacht, aber zu niemandem etwas geäußert. Als er ihn den Abend darauf blaß und mit so sonderbarem Benehmen in sein Zimmer treten sah, dachte er sogleich: jetzt hat ihn Reue befallen, aber eine so entsetzliche, gegen den eigenen Bruder verübte That darf ihm nicht vergeben werden. Später vernahm er, daß ihn Leute an demselben Abend, als das Feuer ausbrach, nach dem Gehöft hatten hinabgehen sehen, und obgleich bei dem Verhöre Baard nichts nachgewiesen werden konnte, war sein Bruder doch fest überzeugt, daß er der Thäter wäre. Sie trafen einander bei dem Verhöre, Baard in seinen guten Kleidern, Anders in seinen geflickten. Baard sah den Bruder, als er eintrat, mit flehenden Augen an, so daß es Anders tief zu Herzen ging. Er will nicht, daß ich etwas sagen soll, dachte Anders, und als er gefragt wurde, ob er seinem Bruder die That zutraute, sagte er deshalb laut und bestimmt: »Nein!«

Allein seit diesem Tage ergab sich Anders dem Trunke, und es ging ihm sehr bald schlecht. Noch schlechter erging es jedoch Baard, obgleich er nicht trank; er war nicht wieder zu erkennen.

Da kam eines Abends spät eine arme Frau zu Baard und bat ihn, mit ihr zu gehen. Er erkannte sie, es war die Frau seines Bruders. Baard ahnte sofort, was sie zu ihm geführt hatte, wurde todtenblaß, kleidete sich an und folgte ihr, ohne ein Wort zu sprechen. Aus Anders Fenster leuchtete ein schwacher Lichtschein hervor, der hin und wieder verdeckt wurde; sie gingen diesem Lichtscheine nach, denn über den Schnee führte kein Weg nach der Hütte. Als Baard wieder in dem Flure derselben stand, drang ihm ein eigenthümlicher Geruch entgegen, so daß er sich ganz beklommen fühlte. Sie traten ein. Ein kleines Kind stand am Herde und aß Kohlen; das ganze Gesicht desselben war schwarz, aber es blickte auf und lachte mit weißen Zähnen. Und dort im Bette lag mit allerlei Kleidungsstücken zugedeckt, Anders, abgezehrt, mit klarer, hoher Stirn und schaute den Bruder mit hohlen Augen an. Baard schwankten die

Knie, er setzte sich zu Füßen des Bettes und brach in lautes Weinen aus. Der Kranke blickte ihn lange schweigend an. Endlich bat er die Frau hinauszugehen, aber Baard winkte, sie möchte dableiben, – und nun begannen die beiden Brüder, sich einander auszusprechen. Sie erklärten sich ihr gegenseitiges Benehmen von dem Tage an, wo sie auf die Uhr geboten hatten, bis zu ihrem heutigen Zusammentreffen. Baard zog zum Schluß den Goldklumpen, den er beständig bei sich trug, hervor, und nun lag es den Brüdern offen vor Augen, daß sie sich alle diese Jahre lang keinen einzigen Tag glücklich gefühlt hatten.

Anders sagte nicht viel, denn dazu war er schon zu schwach; aber Baard blieb am Bette sitzen, so lange Anders krank war. »Jetzt bin ich vollkommen gesund,« sagte Anders eines Morgens beim Erwachen; »jetzt, lieber Bruder, wollen wir lange zusammen leben und, wie in den alten Tagen, uns nie trennen.« Aber noch an demselben Tage starb er.

Die Frau und das Kind nahm Baard zu sich, und von der Zeit an hatten sie es gut. Aber was die Brüder am Bette mit einander gesprochen, das drang durch die Wände und das Dunkel der Nacht hindurch, verbreitete sich unter die Leute des Kirchspiels, und Baard wurde bald der geachtetste Mann. Alle grüßten ihn wie einen, dem nach großer Trauer wieder große Freude aufgegangen, oder wie einen, der nach langer Abwesenheit wieder zur Heimat zurückgekehrt war. Diese allgemeine Freundlichkeit, die ihm zu Theil ward, gewährte ihm reichen Trost, er wurde gottergeben, und da er sich nach Thätigkeit sehnte, gab sich der alte Corporal zum Schulmeister her. Was er den Kindern vom ersten bis zum letzten Tage ihrer Schulzeit einprägte, war Liebe, und er übte sie selbst, so daß die Kinder ihn wie einen Spielgenossen und zugleich wie einen Vater liebten.

Und diese Geschichte vom alten Schulmeister ging Oeyvind so zu Herzen, daß sie ihm Religion und Lehre wurde. Der Schulmeister erschien ihm fast wie ein übernatürliches Wesen, obgleich er so barsch und brummig da saß. Auch nur eine einzige Schularbeit nicht zu machen, war für ihn ein Werk der Unmöglichkeit, und lächelte ihn der Schulmeister, wenn er seine Lection hergesagt hatte, an oder strich ihm über das Haar, so war er einen ganzen Tag froherregt. Den größten Eindruck machte es auf die Kinder immer, wenn ihnen der Schulmeister bisweilen vor dem Gesange eine kleine Rede hielt oder wenigstens einmal jede Woche einige Verse vorlas, die von der Nächstenliebe handelten. Wenn er den ersten dieser Verse las, bebte seine Stimme, obgleich er ihn jetzt schon seit zwanzig oder dreißig Jahren gelesen hatte. Derselbe lautete:

> Liebe, Christ, stets deine Brüder,
> Tret' sie in den Staub nicht nieder,
> Siehst du auch ihr sündhaft Treiben.
> Alles, was da lebt und wacht,
> Ist der Liebe Zaubermacht
> Unterthan und wird's stets bleiben.

Aber wenn nun das ganze Gedicht hergesagt war, und er eine Weile schweigend dagestanden hatte, dann sah er sie an und blinzelte mit den Augen. »Auf, ihr kleinen Kobolde, und geht ohne Lärm nach Hause, – geht artig, daß ich nur Gutes von euch höre, ihr loses Völkchen!« Und während sie nun beim Zusammensuchen ihrer Bücher und Eßkörbe einen gewaltigen Lärm erhoben, schrie er mitten durch den Wirrwarr hindurch: »Kommt morgen wieder, sobald es hell wird, oder ich will euch holen und geschmeidig machen! – Kommt ja zu rechter Zeit, ihr kleinen Dirnen und Burschen, dann wollen wir fleißig sein!«

Viertes Kapitel.

Aus Oeyvinds weiterer Kinderzeit ist bis zu dem Jahre vor seiner Confirmation nicht viel zu erzählen. Er lernte des Morgens, arbeitete am Tage und spielte des Abends.

Da er ungewöhnlich heiter und fröhlich war, so dauerte es nicht lange, bis sich die in der Nähe wohnende Jugend während der Freistunden am liebsten da einfand, wo er sich aufzuhalten pflegte. Von seinem Hause aus zog sich ein großer Hügel bis zu der Bucht hinab, welcher, wie bereits erwähnt, auf der einen Seite von der Bergwand und auf der andern vom Walde eingefaßt war, und dieser wurde jeden schönen Sonntagsabend von der Jugend als Schlittenbahn benutzt. Oeyvind übte hier auf dem Hügel das Hausherrenrecht, er besaß zwei Schlitten, den ›Scharftraber‹ und den ›Hinterschlitten‹. Letzteren verlieh er an größere Gesellschaften, ersteren lenkte er selbst und hatte Marit dabei auf dem Schooße.

Das Erste, was Oeyvind zu jener Zeit, sobald er erwachte, that, war nachzusehen, ob es Thauwetter wäre, und nahm er wahr, daß das Gebüsch jenseits der Bucht in Nebel gehüllt war, ober hörte er, daß es vom Dache tropfte, so ging es so langsam beim Anziehen her, als ob mit diesem Tage gar nichts anzufangen wäre. Erwachte er jedoch, und namentlich am Sonntage, bei schneidender Kälte und klarem Wetter, durfte er sich in die besten Kleider werfen, drohte keine Arbeit, stand nur des Vormittags der Besuch des Gottesdienstes oder eine Katechisation in Aussicht, und winkte ein freier Nachmittag und Abend – heisa, da war das Bürschlein mit einem Satze aus dem Bette, zog sich an, als ob das Haus brenne und konnte kaum etwas essen. Sobald der Nachmittag erschienen, und der erste Bursch auf seinen Schneeschuhen angelangt war, den Stab über seinem Haupte schwang und ein Jauchzen ausstieß, daß es von den Berghalden den ganzen Fjord entlang wieder und immer wieder hallte, und dann einer nach dem andern auf den zur Schlittenfahrt erwählten Hügel anlangte, dann eilte Oeyvind mit dem Scharftraber von dannen, lief den ganzen Hügel hinauf und blieb unter den zuletzt Angekommenen mit einem langen, gellenden Jubelruf stehen, der die Bucht entlang von einem Berge zum andern hinüberschallte und erst in weiter Ferne langsam verhallte.

Er schaute sich dann nach Marit um; sobald sie jedoch erst gekommen war, bekümmerte er sich nicht mehr um sie.

Aber nun brach das Weihnachtsfest an, wo beide ungefähr sechzehn oder siebzehn Jahre alt waren und den nächsten Frühling confirmirt werden sollten. Am vierten Tage nach Weihnachten fand ein großes Fest auf dem obersten der Haidehöfe bei Marits Großeltern statt, bei denen sie erzogen war und die ihr ein solches Fest schon seit drei Jahren zugesagt hatten und ihr Versprechen jetzt endlich erfüllen mußten. Hierzu wurde Oeyvind eingeladen.

Es war ein halbklarer, nicht kalter Winterabend, kein Stern war sichtbar, den Tag darauf mußte es regnen. Ein matter Wind fuhr über den Schnee, durch den schon hier und da die weißen Haideflächen hindurchschimmerten, während auf anderen Stellen hohe Schneewehen zusammengetrieben waren. Der ganze Weg war, wo nicht gerade Schnee lag, mit Glatteis überzogen, und dieses schimmerte bläulichschwarz zwischen dem Schnee und dem nackten Boden streckenweis hervor, so weit man sehen konnte. Die Felsenwände entlang zogen sich hohe Schneehaufen hin; hinter ihnen war es dunkel und leer, aber ihre beiden Ränder leuchteten hell unter ihrer Schneedecke mit Ausnahme der Stellen, wo sich die Birkenwälder eng zusammendrängten und die Gegend in Dunkel hüllten. Keine Wasserfläche war zu sehen, aber halbnackte, sandige Haiden und Sümpfe erstreckten sich, vielfach unterbrochen, bis an den Fuß der Felsenwände. Die Höfe lagen wie plump zusammengewürfelte Haufen auf der Schneefläche; in der Dunkelheit des Winterabends nahmen sie sich wie schwarze Klumpen aus, aus denen, bald aus dem einen Fenster und bald aus dem andern, heller Lichtschimmer weithin über die Felder hervorbrach; die sich hin und her bewegenden Lichter ließen errathen, daß es drinnen geschäftig herging. Die Jugend, die erwachsene wie die halberwachsene, strömte von verschiedenen Seiten zusammen. Die wenigsten gingen den Weg entlang oder verließen ihn doch unter allen Umständen, sobald sie sich dem Gehöft näherten, und schlichen dann weiter, einer hinter dem Stall entlang, einige durch das Vorrathshaus hindurch, etliche machten einen längeren Umweg um die Scheune herum und schrieen wie Füchse, andere antworteten in weiter Ferne wie Katzen, einer stand hinter dem Backofen und bellte wie ein alter, bissiger Hund, der nicht mehr recht bei Stimme ist, bis eine allgemeine

Jagd auf ihn angestellt wurde. Die Dirnen kamen in großen Schaaren angezogen; sie hatten einige Burschen, am liebsten unerwachsene, bei sich, die sich, um sich als Männer zu zeigen, unterwegs um sie her rauften. Wenn ein solcher Mädchenschwarm auf dem Gehöft anlangte, und einer oder der andere der erwachsenen Burschen seiner ansichtig wurde, stäubten die Dirnen auseinander, flüchteten sich in den Hausflur oder in den Garten und mußten einzeln hervor und in das Zimmer hineingezogen werden. Manche waren so schüchtern, daß man erst Marit herbeiholen mußte, um sie zum Hereintreten zu nöthigen. Dann und wann erschien auch eine, die eigentlich gar nicht eingeladen war und auch keineswegs die Absicht hatte, sich in die Gesellschaft einzudrängen, sondern nur zusehen wollte. Allein es fügte sich dann so, daß sie sich wenigstens zu einem einzigen Tanze zureden ließ. Die, welche Marit gut leiden konnte, bat sie zu ihren alten Großeltern in eine kleine Kammer hinein, in welcher der Greis saß und rauchte, während Großmutter geschäftig hin und her ging; sie wurden dann bewirthet und freundlich zum Zugreifen aufgefordert. Oeyvind gehörte nicht zu ihnen, und dies befremdete ihn doch.

Der beste Spielmann des Kirchspiels konnte erst später kommen, so daß sie sich bis dahin mit dem alten, einem armen Käthner, der den Spitznamen Grauknut hatte, behelfen mußten. Er konnte vier Tänze, nämlich zwei Springtänze, einen Halling und einen alten Walzer, den sogenannten Napoleonswalzer spielen; allein im Laufe der Zeit hatte er den Halling durch Veränderung des Taktes zu einem Schottisch umwandeln müssen, und der eine der Springtänze mußte sich in gleicher Weise zur Polka Mazurka umschaffen lassen. Er spielte nun auf, und der Tanz begann. Oeyvind wagte sich nicht gleich unter die Tänzer, denn hier waren doch gar zu viel Erwachsene; aber die Halberwachsenen schaarten sich bald zusammen, stießen einander vor, tranken zur Ermuthigung etwas starkes Bier, und nun mischte sich Oeyvind ebenfalls unter die Tanzenden. Heiß wurde es in der Stube, der Jubel und das Bier stiegen der jungen Gesellschaft zu Kopfe. Marit tanzte diesen Abend am meisten, wahrscheinlich weil ihre Großeltern das Fest veranstaltet hatten, und aus gleichem Grunde sah sich auch Oeyvind oft nach ihr um; aber stets tanzte sie mit andern. Er wollte gern selbst mit ihr tanzen; deshalb saß er einen Tanz über, um gleich nach Beendigung desselben zu ihr eilen zu können; und das that er, aber ein großer Mann von dunkler Gesichtsfarbe und starkem Haar kam ihm zuvor. »Aus dem Wege, Junge!« rief er und versetzte Oeyvind einen Stoß, daß er fast rücklings über Marit gefallen wäre. Nie war ihm früher dergleichen widerfahren, nie waren die Leute anders als freundlich gegen ihn gewesen, nie war er »Junge« genannt worden, wenn er an einem Tanze hatte Theil nehmen wollen. Er wurde feuerroth, sagte indessen nichts, sondern zog sich nach der Stelle zurück, wo der eben angekommene neue Spielmann saß und seine Geige stimmte. Unter den Gästen war es still geworden; man brannte vor Begierde, die ersten kräftigen Töne von »ihm selbst« zu hören. Er stimmte und stimmte immer wieder; es dauerte lange, aber endlich begann er mit einem Springtanz, jubelnd sprangen die Burschen auf und schwenkten sich Paar hinter Paar in den Kreis hinein. Oeyvind blickt sich nach Marit um; dort tanzt sie schon mit dem starkhaarigen Manne dahin; sie lächelt über seine Schulter hinweg, so daß sich ihre weißen Zähne zeigen, und zum ersten Male in seinem Leben fühlt Oeyvind einen eigentümlich stechenden Schmerz in seiner Brust. Wieder und immer wieder blickte er sie an, und während er sie so betrachtete, kam es ihm vor, als wäre Marit schon vollkommen erwachsen; das kann doch nicht sein, dachte er, denn sie macht ja noch immer unsere Schlittenfahrten mit! Erwachsen war sie aber doch, und der starkhaarige Mann zog sie nach beendetem Tanze auf seinen Schoos; sie riß sich los, blieb aber doch neben ihm sitzen.

Oeyvind betrachtet nun den Mann; er trug feine blaue Tuchkleider, ein blaugestreiftes Hemd und ein seidenes Halstuch; ein kleines Gesicht hatte er nur, aber blaue, feurige Augen und einen lächelnden trotzigen Mund, kurz er war hübsch. Oeyvind sah mehr und mehr, sah endlich auch sich selbst an. Er hatte zu Weihnachten neue Beinkleider bekommen, die ihm sehr gefielen, aber jetzt nahm er wahr, daß sie nur aus grauem Fries waren. Sein Wamms war von gleichem Stoffe, aber alt und abgetragen, seine Weste von gewürfelter Halbwolle, ebenfalls alt und mit zwei blanken und einem schwarzen Knopf. Er schaute umher und es schien ihm, daß sehr wenige so ärmlich gekleidet wären wie er. Marit hatte ein schwarzes Leibchen und einen Rock aus feinem Zeuge, eine Brosche im Halstuche und ein zusammengelegtes seidenes Taschentuch in der

Hand. Auf dem Hinterkopfe hatte sie eine kleine schwarzseidene Haube, die mit breiten, schöngestreiften seidenen Bändern unter dem Kinn befestigt war. Sie war roth und weiß, lachte, der Mann plauderte mit ihr und lachte. Die Geige erklang von neuem, und abermals wollten sie miteinander tanzen. Ein Kamerad kam und setzte sich an Oeyvinds Seite. »Weshalb tanzest du nicht, Oeyvind?« fragte er freundlich. – »Dazu fehlt mir der Muth,« entgegnete Oeyvind, »ich sehe nicht danach aus.« – »Siehst nicht danach aus?« fragte der Kamerad; aber ehe dieser noch etwas hinzufügen konnte, bemerkte Oeyvind: »Wer ist jener Mann in den blauen Tuchkleidern, der mit Marit tanzt?« »Das ist Jon Hatlen, derselbe, der, wie du weißt, lange auf der Ackerbauschule gewesen ist und nun den Hof übernehmen soll.« – In diesem Augenblicke setzten sich Marit und Jon. »Wer ist der Junge mit dem hellen Haar dort, der neben dem Spielmann sitzt und mich anglotzt?« fragte Jon. Da lachte Marit und sagte: »Es ist ein Käthnerbursch aus der Umgegend.«

Oeyvind hatte es ja recht gut gewußt, daß er nur der Sohn eines Käthners war, aber zum Bewußtsein war es ihm früher nie so gekommen wie jetzt. Er fühlte sich mit einem Male so kein, kleiner als alle andern; um sich aufrecht zu erhalten, versuchte er an alles zu denken, was ihn bisher so froh und stolz gemacht hatte, von dem Schlittenfahrtberge an bis zu jedem einzelnen Worte. Als er aber dabei auch seiner Mutter und seines Vaters gedachte, die zu Hause saßen und glaubten, daß er sich jetzt recht glücklich fühlte, fiel es ihm schwer, die Thränen zurückzuhalten. Rings um ihn her lachte und scherzte alles, die Geigentöne klangen so kreischend, daß ihm die Ohren wehe thaten, es gab einen Augenblick, in dem gleichsam etwas Schwarzes in ihm emporstieg, aber da fiel ihm die Schule mit allen Kameraden und der Schulmeister ein, der ihm die Wange streichelte; auch an den Pfarrer dachte er, der ihm bei der letzten Prüfung ein Buch geschenkt und gesagt hatte, er wäre ein tüchtiger Junge, der Vater, der dabei saß, hatte es selbst mit angehört und ihm zugelächelt. »Sei jetzt nur artig, Oeyvind,« glaubte er den Schulmeister sagen zu hören indem er ihn wie in den ersten Jahren seines Schulbesuches auf den Schoos nahm. »Lieber Gott, das hat ja alles so wenig zu bedeuten, und im Grunde sind alle Menschen gut; es sieht nur so aus, als wären sie es nicht. Wir beide werden schon tüchtig werden, Oeyvind, eben so tüchtig wie Jon Hatlen; wir werden schon hübsche Kleider bekommen, mit Marit unter Hunderten von Leuten in einem hellen Zimmer tanzen, lächeln und plaudern; ihr werdet ein Brautpaar; nun steht ihr vor dem Pfarrer, und ich, im Chore, lächle dir zu und Mutter zu Hause betet für dich und du bekommst einen großen Hof, zwanzig Kühe, drei Pferde und Marit, gut und lieblich wie in der Schule – –«

Der Tanz hörte auf. Oeyvind erblickte Marit vor sich auf der Bank und Jon so dicht neben ihr, daß sich ihre Gesichter fast berührten. Wiederum empfand er einen heftigen stechenden Schmerz in der Brust, und es war, als sagte er zu sich selbst: »Es ist ja wahr, mir ist unwohl.«

In demselben Augenblicke erhob sich Marit und schritt gerade auf ihn zu. Sie neigte sich zu ihm hinab: »Du darfst nicht so dasitzen und mich unaufhörlich anstarren,« sagte sie; »Du mußt ja selbst bemerken, daß die Leute darauf Acht geben; nimm dir gleich eine Dirne und tanze mit ihr.«

Er antwortete nicht, sondern blickte sie nur an, und konnte es nicht verhindern, daß sich seine Augen mit Thränen füllten. Sie wollte sich eben von ihm entfernen, als sie es bemerkte und stehen blieb. Sie wurde plötzlich feuerroth, wandte sich um und ging nach ihrem alten Platze, kehrte sich jedoch unterwegs um und setzte sich auf einen andern Platz. Jon folgte ihr sofort.

Oeyvind stand von der Bank auf, ging durch die Menschenmasse auf den Hof hinaus und setzte sich in eine der um das Haus laufenden Galerien, begriff dann nicht, was er eigentlich dort sollte, stand auf, setzte sich aber wieder, denn er konnte dort eben so gut wie auf einer andern Stelle sitzen. Nach Hause zu gehen hatte er keine Lust und eben so wenig wieder hineinzugehen; es war ihm völlig gleich. Er war unfähig, sich etwas von dem Vorgefallenen klar vorzustellen; er wollte gar nicht daran denken; was die Zukunft bringen würde, daran wollte er auch nicht denken, denn es gab nichts, wonach er Sehnsucht fühlte.

»Aber was ist es denn eigentlich, woran ich denke?« fragte er halblaut sich selbst; und da er seine eigene Stimme gehört hatte, dachte er: »Reden kannst du also noch; kannst du denn noch lachen?« Und er machte einen Versuch; ei ja, lachen konnte er noch, und so lachte er denn, laut, noch lauter, und da kam es ihm köstlich vor, ganz allein dazusitzen und zu lachen, und darüber lachte er von neuem. Aber sein Kamerad Hans, der neben ihm gesessen hatte, kam zu ihm hinaus. »Um Himmels willen, worüber lachst du denn?« fragte er und blieb vor der Galerie stehen. Da verstummte Oeyvind.

Hans blieb stehen, als wartete er darauf, was nun geschehen würde. Oeyvind stand auf, sah sich vorsichtig um und sagte dann leise: »Jetzt will ich dir sagen, Hans, weshalb ich vorhin so lustig war; die Ursache ist, weil ich bisher niemanden so recht lieb gehabt habe; aber von dem Tage an, da wir jemanden lieb haben, sind wir nicht mehr fröhlich,« und bei diesen Worten brach er in lautes Weinen aus.

»Oeyvind!« wurde draußen auf dem Hofe leise gerufen, »Oeyvind!« Er hielt inne und lauschte. »Oeyvind!« vernahm man noch einmal und diesmal etwas lauter. Das konnte nur sie sein, an die er dachte. »Hier bin ich,« antwortete er ebenfalls leise, trocknete schnell die Thränen ab und trat hervor. Da kam über den Hof eine Frauengestalt auf ihn zugegangen. – »Bist du es?« fragte sie. – »Ja,« erwiderte er und blieb stehen. – »Wer ist bei dir?« – »Mein Kamerad Hans.« – Hans wollte gehen; »nein, nein!« bat Oeyvind. Sie schritt nun, wenn auch langsam, dicht an sie heran; es war Marit. »Du gingst so schnell fort,« sagte sie zu Oeyvind. Er wußte nicht, was er hierauf antworten sollte. Dadurch gerieth auch sie in Verlegenheit; sie schwiegen alle drei. Hans schlich sich indessen leise und unbemerkt fort. Allein standen sich nun die beiden gegenüber, sahen einander nicht an und regten sich auch nicht. Da sagte sie flüsternd: »Ich bin schon den ganzen Abend mit einem kleinen Weihnachtsgeschenke für dich in der Tasche umhergegangen, Oeyvind, aber ich bin nicht eher dazu gekommen, es dir zu geben.« Dabei nahm sie einige Aepfel, ein Stück Kuchen und ein Fläschchen heraus, welches sie ihm alles zusteckte und sagte, er möchte es behalten.

Oeyvind nahm es an. »Dank,« sagte er und reichte ihr die Hand. Die ihrige war warm; sofort ließ er sie los, als hätte er sich verbrannt. – »Du hast heute Abend viel getanzt.« – »Ich allerdings,« versetzte sie, »aber du hast nicht viel getanzt,« fügte sie hinzu. – »Nein, das ist wahr,« entgegnete er. – »Weshalb nicht?« – »Ei nun – –«

»Oeyvind!« – »Was willst du?« – »Weshalb saßest du da und blicktest mich immerfort an?« – »Ach – –«

»Marit!« – »Nun?« – »Weshalb war es dir unangenehm, daß ich dich ansah?« – »Es waren ja so viele Leute da.«

»Du tanztest heute Abend viel mit Jon Hatlen.« – »Ei ja.« – »Er tanzt gut.« – »Findest du das?« – »Ei nun ja.«

»Ich weiß nicht, wie es zugeht, aber heute Abend ist es mir unerträglich, daß du mit ihm tanzest, Marit;« – er wandte sich ab, es war ihm schwer geworden, dies zu sagen. – »Ich verstehe dich nicht, Oeyvind.« – »Ich verstehe es selber nicht; es ist eine reine Dummheit von mir. Lebe wohl, Marit, nun will ich gehen.« Er ging einen Schritt, ohne sich umzublicken. Da rief sie ihm nach: »Deine Augen haben sich getäuscht, Oeyvind.« – Er blieb stehen. »Daß du ein erwachsenes Mädchen bist, ist keine Augentäuschung.« – Er hatte nicht verstanden, was sie meinte, deshalb schwieg sie; aber mit einem Male sieht sie eine brennende Pfeife gerade vor sich; sie erkannte ihren Großvater, der eben um die Ecke gebogen war und vorüber schritt. Er blieb stehen. »Bist du es, Marit?« – »Ja.« – »Mit wem sprichst du?« – »Mit Oeyvind?« »Mit wem, sagst du?« – »Mit meinem Schulfreund Oeyvind.« – »Ach so, mit dem Käthnerjungen; komm augenblicklich und begleite mich hinein!«

Fünftes Kapitel.

Als Oeyvind am folgenden Morgen die Augen aufschlug, erwachte er von einem langen, erquickenden Schlafe und glücklichen Träumen. Marit hatte oben auf dem Berge gelegen und Laub auf ihn hinabgeworfen; er hatte es aufgefangen und ihr wieder zugeworfen; in tausend Farben und Figuren war es auf und nieder gegangen. Die Sonne schien heiß darauf und der ganze Berg leuchtete vom Gipfel bis zum Fuße. Beim Erwachen schaute er sich um, um die Bilder seiner Traumwelt wieder zu finden; da entsann er sich des gestrigen Abends und empfand sofort wieder denselben stechenden, bittren Schmerz in der Brust. Von ihm werde ich mich wohl nie mehr frei machen können, dachte er, und fühlte eine Kraftlosigkeit, als hätte er für die Zukunft gar nichts mehr zu hoffen.

»Jetzt hast du lange genug geschlafen,« sagte die Mutter; sie saß neben dem Bette und spann. »Steh jetzt auf und iß; dein Vater ist bereits im Walde und fällt Bäume.« – Diese Stimme schien ihm wieder Muth einzuflößen; er stand etwas erleichterter auf. Die Mutter erinnerte sich noch recht gut der Zeit, da sie selbst Freude am Tanze hatte; leise einige Tanzmelodien trällernd saß sie an ihrem Spinnrade da, während er sich ankleidete und aß; deshalb mußte er vom Tische aufstehen und an das Fenster treten; dieselbe Schwere und Unlust überkam ihn; er mußte sich emporraffen und an die Arbeit denken. Das Wetter hatte umgeschlagen, die Luft war kälter geworden, so daß statt des Regens, der gestern drohte, heute ein naßkalter Schnee fiel. Er zog Schneestiefeln an, setzte eine Pelzmütze auf, suchte seine Seemannsjacke und Fausthandschuhe hervor, sagte Lebewohl und ging mit der Axt über der Schulter. Langsam fiel der Schnee in großen, nassen Flocken; mühsam stieg Oeyvind den Schlittenberg hinauf, um nach links in den Wald hineinzubiegen; nie, weder Winter noch Sommer, war er sonst diesen Weg gegangen, ohne sich an etwas zu erinnern, was ihn fröhlich machte oder ihm Sehnsucht einflößte. Jetzt war es ihm ein lebloser, schwerer Weg, er glitt in dem nassen Schnee aus, seine Knie waren steif, entweder von dem gestrigen Tage oder von der Unlust, die sich seiner bemächtigt hatte; jetzt sah er ein, daß es mit dem Schlittenfahren für dieses Jahr und damit für immer vorbei war. Er sehnte sich nach etwas anderem, als er zwischen die Baumstämme hindurchschritt, wo der Schnee lautlos fiel; ein aufgeschrecktes Schneehuhn schrie und flatterte eine kurze Strecke weiter, aber sonst stand alles da, als wartete es auf ein Wort, welches nie gesagt wurde. Was es jedoch war, wonach ihn so sehnsüchtig verlangte, war ihm nicht ganz klar, nur war es nicht daheim und auch nicht in der Ferne zu finden, diente nicht zur Lust und nicht zur Arbeit; es war etwas hoch emporstrebendes wie ein Lied, das sich himmelwärts emporschwingt. Allmählich nahm es die Gestalt eines bestimmten Wunsches an, und der war, zum Frühling eingesegnet zu werden und dabei den ersten Platz zu erhalten. Das Herz klopfte ihm, als er sich mit diesen Gedanken trug, und ehe er noch die Axt des Vaters in den zitternden Bäumen zu vernehmen im Stande war, erhielt dieser Wunsch in ihm stärkeren Schlag als irgend einer, seit er geboren war.

Der Vater sagte wie gewöhnlich nicht viel zu ihm; sie schlugen beide Holz und setzten es in Haufen zusammen. Sie mußten sich dabei ein und das andere Mal begegnen, und bei einem solchen Zusammentreffen ließ Oeyvind schwermüthig die Worte fallen: »Ein Käthner muß doch viel Böses ausstehen.« – »Er wie andere,« versetzte der Vater, spuckte in die Hand und ergriff die Axt. Als der Baum gefällt und zerschlagen war und vom Vater in Haufen zusammen getragen wurde, sagte Oeyvind: »Wärest du Hofbesitzer, brauchtest du das Holz nicht so mühselig zusammenzuschleppen.« – »Ei,« erwiderte er und packte fest mit beiden Händen an, »dann würden wohl andere Dinge auf mir lasten.« – Die Mutter kam mit dem Mittagsessen zu ihnen in den Wald hinauf; sie setzten sich. Die Mutter war heiterer Laune, saß trällernd da und schlug den Takt mit den Füßen. »Was denkst du anzufangen, wenn du groß bist, Oeyvind?« fragte sie plötzlich. – »Für einen Käthnerjungen giebt es nicht viele Wege,« erwiderte er. – »Der Schulmeister sagt, du müßtest auf das Seminar,« sagte sie. – »Giebt es dort Freistellen?« fragte Oeyvind. – »Die Schulkasse bezahlt,« entgegnete der Vater, der noch mit dem Essen beschäftigt war. – »Hast du Lust dazu?« fragte die Mutter. – »Ich habe Lust etwas zu lernen, aber nicht Schulmeister zu werden.« – Eine Weile schwiegen sie alle drei; sie trällerte wieder und blickte vor sich hin. Aber Oeyvind ging fort und suchte sich ein einsames Plätzchen.

»Wir brauchen ja nicht gerade aus der Schulkasse zu leihen,« sagte sie, als der Bursch gegangen war. Der Mann blickte sie an: »Arme

Leute wie wir?« – »Ich höre nicht gern, daß du dich immer für arm ausgiebst, während du es nicht bist.« – Beide blickten verstohlen nach dem Knaben, ob er sie auch nicht hören könnte. Darauf sagte der Vater barsch zu seiner Frau: »Du schwatzest, wie du es verstehst.« Sie lachte; »das heißt Gott nicht dafür danken, daß es uns wohl ergangen ist,« versetzte sie und wurde ernst. – »Man kann ihm wohl danken, ohne mit silbernen Knöpfen zu prunken,« meinte der Vater. – »Ja, aber Oeyvind so wie gestern zum Tanze gehen lassen, darin liegt auch kein Dank.« – »Oeyvind ist ein Käthnersohn.« – »Deshalb können wir ihn doch anständig kleiden, wenn wir die Mittel dazu haben.« – »Schreie doch recht, damit er uns hören kann.« – »Er hört uns nicht, aber ich würde mich nicht scheuen, auch dies zu thun,« versetzte sie und blickte tapfer ihren Mann an, der ein finsteres Gesicht machte und den Löffel fortlegte, um seine Pfeife zu nehmen. »Solch elendes Land, das wir haben,« sagte er. – »Ich muß über dich lachen, daß du immer nur vom Lande sprichst; weshalb redest du denn nie von den Mühlen?« – »Ach du mit deinen Mühlen! Du scheinst keine Freude daran zu haben, sie gehen zu hören.« – »O ja, Gott sei Lob und Dank; möchten sie nur immer Tag und Nacht gehen.« – »Jetzt stehen sie schon seit vor Weihnachten.« – »In der Weihnachtszeit mahlen die Leute doch nicht.« – »Sie mahlen, wenn Wasser da ist; aber seit sie bei Nyström eine neue Mühle bekommen, bringen die unsrigen wenig ein.« –

»Er sagte das heute nicht, der Schulmeister.« – »Ich werde meine Geldgeschäfte einem verschwiegeneren Manne übertragen, als der Schulmeister ist.« – »Natürlich, er dürfte am Ende nicht einmal mit deiner eigenen Frau darüber sprechen.« – Thore erwiderte hierauf nichts, er hatte gerade seine Pfeife angezündet, lehnte sich jetzt gegen ein Reisigbündel, warf erst seiner Frau und dann seinem Sohne einen Blick zu und richtete ihn endlich auf ein altes Krähennest, welches sich halb zerstört auf einem Fichtenzweige schaukelte.

Einsam saß Oeyvind da mit dem Gedanken an die Zukunft, die wie eine lange blanke Eisfläche vor ihm lag, über die er zum ersten Male von einem Ufer zum andern hinübereilen sollte. Das ihm die Armuth nach allen Richtungen hin Schranken setzte, fühlte er, aber deshalb gingen auch alle seine Gedanken darauf aus, sie zu überwinden. Von Marit hatte sie ihn sicherlich für immer getrennt; sie betrachtete er als halb mit Jon Hatlen verlobt; aber desto entschlossener war er, mit ihm und ihr sein Leben lang zu wetteifern. Sich nicht wieder wie gestern bei Seite stoßen zu lassen, sich deshalb fern zu halten, bis er etwas geworden und dann unter dem Beistand des Allmächtigen etwas Tüchtiges zu werden, darauf ging all sein Sinnen, und nicht der geringste Zweifel kam in seine Seele, daß es ihm gelingen würde. Er hatte ein dunkles Gefühl, daß er durch eifriges Lernen seinen Zweck am leichtesten erreichen könnte; zu welchem Ziele es ihm den Weg bahnen sollte, darüber mußte er später nachdenken.

Gegen Abend gab es wieder gute Schlittenbahn, die Kinder begaben sich nach dem Berge, aber Oeyvind erschien nicht. Er saß am Herde und lernte und hatte keinen Augenblick zu verlieren. Die Kinder warteten lange, endlich wurde eines und das andere ungeduldig, kam nach dem Hofe hinauf, legte das Gesicht an die Fensterscheibe und rief hinein; aber er that, als hörte er nicht. Es kamen mehrere, einen Abend wie den andern, mit großer Verwunderung gingen sie draußen auf dem Hofe auf und ab, aber er drehte ihnen den Rücken zu und las, indem er sich getreulich Mühe gab, den Sinn des Gelesenen aufzufassen. Später vernahm er, daß auch Marit nicht mehr zum Schlittenfahren käme. Er lernte mit einem Fleiße, von dem selbst der Vater sagen mußte, er ginge zu weit. Er wurde ernst, sein früher so rundes und weiches Gesicht wurde magerer, schärfer, das Auge strenger; er sang selten und spielte nie, es war, als reichte die Zeit nicht aus. Wenn ihn die Versuchung beschlich, sich wieder seinen Kameraden anzuschließen, dann war es, als ob ihm jemand zuflüsterte: »Später, später!« und beständig: »Später!«

Die Kinder rannten, riefen und lachten eine Zeit lang wie früher, aber als sie ihn nicht mehr zu sich hinausrufen konnten, weder durch ihren lauten Jubel beim Schlittenfahren noch durch ihr Rufen zum Fenster hinein, so blieben sie nach und nach fort, suchten sich andere Spielplätze, und bald stand der Berg leer.

Aber der Schulmeister merkte bald, daß es nicht mehr der alte Oeyvind war, der lernte, weil es nicht anders ging, und spielte, weil es gar nichts Schöneres geben konnte. Er sprach oft mit ihm, suchte ihm den Grund seiner Veränderung zu entlocken, allein es wollte ihm nicht gelingen, das Herz des Burschen so leicht wie in alten Zeiten zu finden. Er nahm mit den Eltern Rücksprache und kam, wie sie verabredet hatten, an einem Sonntagsabende im Winter zu ihnen. Nachdem er eine Weile gesessen hatte, sagte er: »Komm Oeyvind, begleite mich, ich möchte mit dir reden.« – Oeyvind zog sich an und folgte ihm. Sie gingen nach den Haidehöfen hinauf und unterhielten sich lebhaft, aber von nichts Wichtigem. Als sie in die Nähe der Gehöfte gekommen waren, schlug der Schulmeister die Richtung auf eines derselben ein, welches in der Mitte lag, und als sie auf dasselbe zuschritten, tönte ihnen lautes Jubelgeschrei entgegen. »Was ist hier los?« fragte Oeyvind. – »Hier findet ein kleines Tanzfest statt,« erwiderte der Schulmeister; »wollen wir nicht hineingehen?« – »Nein.« – »Willst du an keinem Tanze theilnehmen, Bursch?« – »Nein, noch nicht.« – »Noch nicht? Wann dann?« – Oeyvind antwortete nicht. – »Was meinst du mit diesem: noch?« – Da der Bursch nichts erwiderte, sagte der Schulmeister: »Komm jetzt, genug mit dem Gerede!« – »Nein, ich gehe nicht mit!« Er sprach sehr bestimmt und schien außerdem aufgeregt. – »Daß dich dein eigener Lehrer bitten soll, zum Tanze zu gehen!« – Ein langes Schweigen trat ein. »Ist jemand beim Tanze, den du dich zu sehen fürchtest?« – »Ich kann ja nicht wissen, wer da ist.« – »Aber könnte jemand da sein?« – Oeyvind schwieg. Da trat der Schulmeister gerade vor ihn hin, legte ihm die Hand auf die Schulter und sagte: »Fürchtest du dich Marit zu sehen?« Oeyvind schlug die Augen nieder; seine Athemzüge wurden schwer und kurz. »Sag' es mir, Oeyvind.« – Oeyvind schwieg. – »Du schämst dich vielleicht, es einzugestehen, da du noch nicht eingesegnet bist; aber sage es mir trotzdem, Oeyvind, und du wirst es nicht bereuen.« – Oeyvind blickte empor, vermochte aber kein Wort hervorzubringen und schaute wieder zur Seite. – »Du bist auch in der letzten Zeit gar nicht mehr so fröhlich gewesen; kann sie etwa andere besser leiden als dich?« Oeyvind schwieg nach wie vor. Der Schulmeister fühlte sich etwas verletzt und wandte sich von ihm ab; darauf traten sie den Rückweg an. Als sie eine lange Strecke gegangen waren, wartete der Schulmeister, bis ihm Oeyvind dicht zur Seite war. »Du sehnst dich wohl nach der Einsegnung« begann er das Gespräch von neuem. – »Ja!« – »Was denkst du dann zu beginnen?« – »Ich möchte das Seminar besuchen.« – »Und später Schulmeister werben?« – »Nein.« – »Ein solches Amt kommt dir wohl zu unbedeutend vor?« – Oeyvind schwieg. Sie gingen wieder eine weite Strecke. – »Was denkst du aber anzufangen, wenn du das Seminar durchgemacht hast?« – »Darüber habe ich noch nicht ernstlich nachgedacht.« – »Hättest du Geld, so würdest du wohl Lust haben, dir einen Hof zu kaufen?« – »Ja, aber die Mühlen würde ich dabei behalten.« – »Dann wäre es am besten, du besuchtest eine Ackerbauschule.« – »Lernt man auf ihr ebenso viel wie auf dem Seminar?« – »Das zwar nicht, aber ihre Schüler lernen, was sie später im Leben gebrauchen.« – »Bekommen sie dort auch Zeugnisse?« – »Weshalb fragst du so?« – »Ich möchte mich gern auszeichnen.« – »Das kannst du auch ohne Zeugnis.« – Abermals gingen sie schweigend weiter, bis sie Oeyvinds Wohnhaus erblickten; »aus dem Wohnzimmer strahlte ein Licht, dunkel hing jetzt in dem Winterabend der Berg darüber, in der Tiefe lag der Fjord mit blankem, schimmerndem Eis, von keinem Schnee bedeckt stand der Wald um die Ufer der stillen Bucht, der Mond breitete seinen Schein darüber und spiegelte den Wald im Eise ab. »Hier bei euch ist es schön,« sagte der Schulmeister. Oeyvind konnte bisweilen die Gegend mit denselben Augen betrachten wie damals, als ihm die Mutter Märchen erzählte, oder mit jenem heitern Blicke, der aus seinen Augen leuchtete, wenn er dort auf dem Berge spielte; jetzt that er es: alles lag schön und erhaben da. – »Ja, hier, ist es schön!« sagte er und seufzte. – »Dein Vater hat hier sein gutes Auskommen gehabt, du könntest es hier auch haben.« – Das freundliche Aussehen der Gegend war Oeyvind mit einem Male verschwunden. Der Schulmeister blieb stehen, als ob er Antwort erwartete; als er keine erhielt, schüttelte er den Kopf und ging mit in das Haus hinein. Er saß eine Weile bei den Eltern, schwieg aber mehr als er redete, weshalb auch die andern in Schweigen versanken. Als er Lebewohl sagte, begleiteten ihn Mann und Frau zur Thüre hinaus; beide schienen darauf zu warten, daß er etwas sagen würde. Sie blieben draußen stehen und blickten zum Abendhimmel empor. »Hier ist es so ungewöhnlich still geworden,« sagte endlich die Mutter, »seitdem die Kinder sich einen andern Spielplatz aufgesucht haben.« – »Ihr habt auch nicht mehr ein Kind im Hause,« entgegnete der Schulmeister. Die Mutter verstand, was er meinte. »Oeyvind ist in der letzten Zeit gar nicht mehr fröhlich gewesen,« bemerkte sie. – »Ich glaube es gern; ein Ehrgeiziger ist nie fröhlich.« Mit der Ruhe des Greises schaute er zu Gottes stillem Himmel empor.

Sechstes Kapitel.

Ein halbes Jahr später, im Herbste nämlich (die Einsegnung war bis dahin aufgeschoben worden) saßen die Confirmanden der Muttergemeinde in einem Zimmer des Pfarrhauses, um zu erfahren, in welcher Reihenfolge sie je nach Ausfall der Prüfung confirmirt werden sollten; unter ihnen befanden sich auch Oeyvind und Marit von den Haidehöfen. Marit war gerade von dem Pfarrer herabgekommen, von dem sie ein schönes Buch und viel Lob erhalten hatte. Sie lachte und plauderte mit ihren Freundinnen nach allen Seiten hin und sah sich auch unter den, Burschen um. Sie war jetzt ein vollkommen erwachsenes Mädchen, leicht und frei in ihrem ganzen Wesen, und die Burschen sowohl wie die Mädchen wußten, daß der beste junge Mann des Kirchspiels, Jon Batlen, um sie freite; wie sie so dasaß, hatte sie also wohl Grund, fröhlich zu sein. Unten an der Thür standen einige Dirnen und Burschen, welche die Prüfung nicht bestanden hatten; sie weinten, während Marit und ihre Freundinnen lachten; unter ihnen war ein kleiner Bursch in den Stiefeln seines Vaters und mit dem Tuche um den Hals, welches seine Mutter nur in der Kirche zu tragen pflegte. »Gott, o Gott,« schluchzte er, – ich wage gar nicht wieder nach Haufe zu gehen!« Und dies ergriff alle, welche noch nicht zur Ablegung ihrer Prüfung zum Pfarrer heraufberufen waren, mit der Macht des Mitgefühls; es trat unter ihnen ein allgemeines Schweigen ein. Die Angst schaute ihnen aus den Augen heraus, sie konnten nicht klar sehen und nicht einmal schlucken, wozu sie ein unaufhörliches Bedürfnis empfanden. Einer saß da und rechnete nach, was er wüßte, und obgleich er erst wenige Stunden vorher herausbekommen hatte, daß er alles könnte, so kam er jetzt sicherlich zu dem Resultat, daß er gar nichts könnte, auch nicht einen einzigen Spruch mehr auswendig wüßte. Ein anderer zählte sein Sündenregister zusammen von den ersten Augenblicken seines Lebens, deren er sich entsinnen konnte, bis jetzt, wo er hier saß, und fand es durchaus nicht sonderbar, wenn ihn der liebe Gott nicht zur Einsegnung zulassen würde. Ein dritter saß da und ersann sich allerlei äußerliche Zeichen: wenn die Glocke, die gerade schlagen sollte, anfinge, ehe er bis zwanzig zählen könnte, so käme er durch; wenn der, welchen er draußen auf dem Gange hörte, der Bauerbursch Lars wäre, dann bestände er die Prüfung;

wenn der große Regentropfen, welcher langsam draußen an der Fensterscheibe hinabbrann, bis zum Fensterrahmen hinabgelangte, so käme er durch. Die letzte und entscheidende Probe sollte sein, ob er im Stande wäre, den rechten Fuß um den linken zu schlingen, und das war ihm völlig unmöglich. Ein Vierter war mit sich vollkommen darüber einig, daß er vorzüglich bestehen würde, sobald ihn der Pfarrer nur in der biblischen Geschichte nach dem Joseph fragte und im Katechismus nach der Taufe, oder nach Jesus, oder nach den Geboten, oder – – er saß noch da und berechnete seine Wissensfülle, als er abberufen wurde. Ein Fünfter hatte sich mit besonderer Vorliebe auf die Bergpredigt verlegt, weil er von ihr geträumt hatte; er war völlig überzeugt, nur über sie befragt zu werden, und er murmelte die ganze Bergpredigt vor sich her; er mußte sich draußen vor die Hinterthür stellen, um noch einmal die Bergpredigt durchzulesen, – da wurde er heraufgerufen, um über die großen und kleinen Propheten geprüft zu werden. Ein Sechster dachte an den Pfarrer, der ein so seelenguter Mann wäre und seinen Vater so gut kannte, dachte auch an den Schulmeister, der ein so liebevolles Gesicht hätte, und an Gott, der barmherzig wäre und schon vielen, wie dem Jacob und Joseph, geholfen hätte, und dann dachte er daran, wie jetzt seine Mutter und seine Geschwister daheim säßen und für ihn beteten, und das würde gewiß helfen. Der Siebente saß da und ließ von dem, was er hier in der Welt hatte werden wollen, gewaltig viel ab. Einmal hatte er sich vorgenommen, nicht eher zu ruhen, als bis er es zum Könige gebracht hätte, ein anderes Mal wollte er wenigstens General oder Pfarrer werden; die Zeit war nun vorüber. Aber auf dem Wege nach dem Pfarrhause hatte er doch noch immer daran gedacht zur See zu gehen und Schiffskapitän, vielleicht auch Seeräuber zu werden und sich ungeheure Reichthümer zu erwerben; jetzt verzichtete er zuerst auf die Reichthümer, dann auf den Seeräuber, dann auf den Schiffskapitän, auf den Steuermann, und wollte sich damit begnügen, Matrose, höchstens Bootsmann zu werden, ja es war möglich, daß er gar nicht zur See ging, sondern auf dem Hofe seines Vaters blieb und ihm in der Wirthschaft half. Der Achte war seiner Sache mehr gewiß, wenn auch nicht sicher, denn selbst der Tüchtigste war nicht sicher. Er dachte an die Kleider, die er bei der Einsegnung tragen wollte, und wozu sie sich wohl verwenden ließen, wenn er in der Prüfung durchfiele. Bestände er sie aber, dann wollte er selbst nach der Stadt und sich Tuchkleider kaufen und wieder heim kommen und zu Weihnachten in ihnen zum Neide aller Burschen und zur Bewunderung aller Dirnen tanzen. Der Neunte rechnete anders: er stellte Gott gleichsam eine Art Contrabuch aus; auf die eine Seite desselben schrieb er sein Debet; dies lautete: er soll mich die Prüfung bestehen lassen; und auf die andre Seite schrieb er sein Kredit, nämlich: dann will ich nie mehr lügen, nie mehr schwatzen, beständig in die Kirche gehen, die Mädchen in Frieden lassen und mir das Fluchen abgewöhnen. Aber der Zehnte dachte, wäre der Ole Hansen im vorigen Jahre durchgekommen, so würde es mehr als ungerecht sein, käme er in diesem Jahre nicht durch, er, der in der Schule immer besser gewesen wäre und außerdem von besserer Familie stammte. Neben ihm saß der Elfte, der sich mit den furchtbarsten Racheplänen trug, falls er durchfallen sollte. Er hatte im Sinne, entweder die Schule in Brand zu stecken oder die Flucht zu ergreifen und später als vernichtender Richter des Pfarrers und der ganzen Schulverwaltung zurückzukehren, endlich aber edelmüthig Gnade für Recht ergehen zu lassen. Zum Anfange wollte er bei dem Nachbarpfarrer in Dienst treten und dort im nächsten Jahre bei der Einsegnung den ersten Platz erlangen und so antworten, daß sich alle verwundern sollten. Aber der Zwölfte saß ganz für sich allein unter der Glocke mit beiden Händen in den Taschen und blickte wehmüthig über die Versammlung fort. Niemand hier wußte, welche Bürde er trug, für welche schreckliche That er verantwortlich war. Zu Hause war eine, die es wußte, denn er hatte sich verlobt. Eine große, langbeinige Spinne kroch über den Fußboden und näherte sich seinem Fuße; sonst pflegte er das widerliche Insekt zu zertreten, aber heute hob er schonungsvoll den Fuß in die Höhe, damit es in Ruh und Frieden gehen könnte, wohin es wollte. Seine Stimme war sanft wie die eines frommen Pfarrers, seine Augen sagten unaufhörlich, daß alle Menschen gut wären, seine Hand machte eine demüthige Bewegung aus der Tasche zum Kopf empor, um das Haar glatt zu streichen. Könnte er sich nur leidlich durch dieses gefährliche Nadelöhr hindurchwinden, dann wollte er auf der andern Seite schon wieder wachsen und zunehmen, wieder Tabak kauen und nun seine Verlobung veröffentlichen. Aber unten auf einem niedrigen Schemel saß mit gekreuzten Beinen der unruhige Dreizehnte; seine kleinen, funkelnden Augen durchliefen drei Mal in der Sekunde das ganze Zimmer, und in seinem starken, struppigen Kopfe wälzten sich die

Gedanken aller jener Zwölf in bunter Unordnung, von der zuversichtlichsten Hoffnung bis zu dem qualvollsten Zweifel, von den demüthigsten Vorsätzen bis zu den vernichtendsten Racheplänen.

Oeyvind saß am Fenster; er war droben gewesen und hatte alle Fragen, die ihm vorgelegt waren, beantworten können, aber weder der Pfarrer noch der Schulmeister hatte irgend etwas gesagt. Er hätte über ein halbes Jahr daran gedacht, was sie wohl beide sagen würden, wenn sie sich von dem Erfolg seiner Arbeit überzeugt hätten, und er fühlte sich in seinen Hoffnungen sehr getäuscht und zugleich gekränkt. Dort saß Marit, die für ungleich geringere Anstrengung und geringere Kenntnisse sowol Aufmunterung wie Belohnung erhalten hatte. Gerade um in ihren Augen groß dazustehen, hatte er gearbeitet, und nun erreichte sie spielend, was er sich erst mit so großer Entsagung und Selbstverläugnung erarbeitet hatte. Ihr Lachen und Scherzen schnitt ihm in die Seele; die Ungezwungenheit, mit der sie sich bewegte, that ihm wehe. Seit jenem Abend hatte er sich sorgfältig gehütet, mit ihr zu reden, Jahre sollten erst vergehen, dachte er; aber als er sah, wie sie so fröhlich und überlegen dasaß, drückte ihn ihr Anblick zu Boden, und alle seine stolzen Vorsätze hingen da wie welkes Laub.

Er versuchte jedoch nach und nach, diesen Eindruck wieder abzuschütteln. Es handelte sich darum, ob er heute den ersten Platz erhalten würde, und darauf wartete er. Der Schulmeister pflegte noch einige Zeit bei dem Pfarrer zu bleiben, um ihm die Reihenfolge der Confirmanden bestimmen zu helfen und dann hinabzukommen und den Ausfall mitzutheilen. Es war das zwar nicht die endgültige Entscheidung, aber doch das Ergebnis, über welches der Pfarrer mit ihm vorläufig einig geworden war. Das Gespräch wurde unten im Zimmer immer lebhafter, je mehr die Prüfung glücklich bestanden hatten. Jetzt fingen die Ehrgeizigen an, sich von den Fröhlichen mehr und mehr abzusondern; letztere gingen, sobald sie Gesellschaft bekamen, um ihren Eltern ihr Glück zu verkünden, oder sie warteten auch auf andere, welche noch nicht abgefertigt waren; erstere dagegen wurden stiller und stiller und blickten voll gespannter Erwartung nach der Thür.

Endlich hatte die Prüfung ihr Ende erreicht, die letzten waren hinabgekommen, und der Schulmeister besprach sich jetzt also mit dem Pfarrer. Oeyvind sah Marit an; sie war heiter wie immer, blieb jedoch sitzen, ob in ihrem eigenen Interesse oder um anderer willen, wußte er nicht. Wie schön war Marit doch geworben! Eine so blendend weiße, feine Haut hatte er noch an keinem andern Mädchen gesehen; ihr Näschen war ein wenig aufgeworfen, den Mund umspielte ein Lächeln. Die Augen waren, wenn sie nicht jemanden gerade ansah, halb geschlossen, aber dafür lag in ihren Augen, wenn sie sie aufschlug, eine ungeahnte Gewalt, – und als ob sie selbst zu verstehen geben wollte, daß sie von derselben keinen Gebrauch machen würde, war ihr Blick stets von einem bezaubernden Lächeln begleitet. Ihr Haar war eher dunkel als hell, aber es war etwas lockig und wallte auf beide Schultern hinab, so daß es mit den halbgeschlossenen Augen zusammen den Eindruck von etwas Geheimnisvollem machte, das man sich nie zu enträthseln vermochte. Man war nie völlig sicher, wen sie eigentlich ansah, wenn sie für sich allein oder zwischen andern Mädchen dasaß, auch nicht was sie eigentlich dachte, wenn sie sich an jemand wandte und mit ihm sprach, denn sie nahm, was sie gab, gleichsam sofort zurück. Hinter diesem allen liegt wohl eigentlich Jon Hatlen verborgen, dachte Oeyvind, blickte sie aber doch beständig an.

Da endlich erschien der Schulmeister. Ein jeder verließ seinen Platz und stürmte auf ihn zu. »Welchen Platz erhalte ich?« – »Und ich?« – »Und ich, ich?« – »Still, ihr wilden Buben, keinen Lärm hier! – Seid ruhig, dann sollt ihr es erfahren, Kinder.« Er schaute langsam im Kreise umher. »Du erhältst den zweiten Platz,« sagte er zu einem blauäugigen Bursch, der ihn flehend anblickte und nun jubelnd aus dem Kreise heraustanzte. »Du sollst der Dritte weiden,« – damit legte er einem kleinen Rothkopfe, der ihn hinten am Rockschooße zupfte, die Hand auf die Schulter. – »Du erhälst den fünften, du den achten Platz« u. s. w. Als er Marit gewahrte, sagte er: »Du wirst unter den Mädchen die erste Stelle einnehmen.« Sie ward über Gesicht und Hals glühend roth, versuchte jedoch zu lächeln. »Du bist Nummer zwölf, bist ein Faulpelz und rechter Wildfang gewesen; du Nummer elf, war gar nicht anders zu erwarten, mein Junge; du Nummer dreizehn, mußt noch tüchtig lernen, noch eine Nachprüfung bestehen, sonst geht es dir noch schlecht ...« Länger konnte es Oeyvind nicht aushalten. Nummer eins war zwar noch nicht genannt, aber er stand doch die ganze Zeit so, daß der Schulmeister ihn hatte sehen können. »Schulmeister!« – er hörte nicht. »Schulmeister!« – Dreimal mußte er es wiederholen, ehe er gehört wurde. Endlich sah ihn der Schulmeister an: »Nummer neun oder zehn, ich entsinne mich nicht genau des Platzes, den du bekommen sollst,« sagte er und wandte sich an einen andern. »Wer ist denn Nummer eins?« fragte Hans, Oeyvinds bester Freund. – »Du bist es nicht, Krauskopf!« sagte der Schulmeister und schlug ihn mit einer Papierrolle über die Hand. – »Wer ist es denn?« fragten mehrere, »wer ist es, ja wer ist es nur?« – »Das wird der schon erfahren, der die Nummer hat,« erwiderte der Schulmeister streng; er wollte alle weitern Fragen vermeiden. – »Geht nun hübsch nach Hause, Kinder, danket eurem Gott und machet euren Eltern Freude! Dankt auch eurem alten Schulmeister, ihr hättet schön dagesessen und vor Verlegenheit an den Fingerspitzen gesaugt, wenn er nicht dagewesen wäre.« – Sie dankten, lachten und zogen jubelnd ihrer Wege, denn in diesem Augenblicke, wo sie nach Hause zu den Eltern sollten, waren sie alle froh. Nur einer blieb zurück, der mit seinen Büchern nicht sogleich in Ordnung kommen konnte, und welcher, als er sie fand, sich niedersetzte, als wollte er von neuem zu lernen anfangen.

Der Schulmeister ging zu ihm hin. »Nun, Oeyvind, willst du nicht mit den andern gehen?« – Er antwortete nicht. – »Weshalb schlägst du deine Bücher auf?« – »Ich will sehen, was ich heute falsch beantwortet habe.« – »Du hast nicht eine einzige falsche Antwort gegeben.« – Da sah Oeyvind ihn an, Thränen traten ihm in die Augen, unverwandt sah er seinen Lehrer an, während ihm eine Thräne nach der andern die Wangen hinabrollte, aber er sagte nicht ein Wort. Der Schulmeister setzte sich vor ihm hin. »Bist du nicht froh, daß du durchgekommen bist?« – Seine Lippen zitterten; aber er antwortete nicht. – »Deine Mutter und dein Vater werden sehr froh sein,« sagte der Schulmeister und sah ihn an. Oeyvind kämpfte lange, um ein Wort hervorzubringen, endlich fragte er leise und abgebrochen: »Ist es – –, weil ich – – ein Käthnerssohn bin, – – daß ich den neunten oder zehnten Platz erhalten habe?« – »Gewiß ist das der Grund,« erwiderte der Schulmeister. – »Dann hilft mir ja alle meine Arbeit nichts,« versetzte er tonlos, indem sich plötzlich alle seine Träume vor ihm auflösten. Mit einem Male richtete er den Kopf in die Höhe, hob die rechte Hand empor, schlug mit aller

Macht auf den Tisch, warf sich auf sein Gesicht nieder und brach in leidenschaftliches Weinen aus.

Der Schulmeister ließ ihn liegen und weinen, sich recht ausweinen. Es dauerte lange, aber der Schulmeister wartete, bis es in ein mehr kindliches Weinen überging. Dann nahm er seinen Kopf mit beiden Händen, hob ihn in die Höhe und blickte in das verweinte Gesicht. »Ist es wohl möglich, daß du in den letzten Zeiten Gottes Nähe empfunden hast?« sagte er und zog ihn freundlich an seine Brust. Oeyvind schluchzte noch, aber kürzer; die Thränen rannen stiller, aber er wagte den Frager weder anzusehen noch ihm zu antworten. – »Oeyvind, du trägst selbst die Schuld. Du hast nicht gelernt aus Liebe zu deinem Christenthume und zu deinen Eltern, sondern aus Eitelkeit.« – Bei des Schulmeisters Worten wurde es still im Zimmer; Oeyvind fühlte, daß seine Blicke auf ihm ruhten, und wurde unter ihnen weich und demüthig. – »Mit einem solchen Zorn im Herzen hättest du nicht vor den Altar treten dürfen, um deinem Gotte das Gelübde der Treue abzulegen. Hättest du es gedurft?« – »Nein!« stammelte er, so gut er es vermochte. – »Und hättest du dagestanden mit eitler Freude darüber, daß du der erste unter den Burschen wärest, würdest du dich dadurch nicht versündigt haben?« – »Ja,« flüsterte er und seine Lippen bebten. – »Du hast mich doch noch immer lieb, Oeyvind?« – »Ja,« sagte er und schlug zum ersten Male die Augen auf. – »Dann will ich dir gestehen, daß ich es war, der dir einen niedrigeren Platz erwirkt hat, denn ich liebe dich, von ganzem Herzen, Oeyvind.« – Dieser sah ihn an, blinkte ein paar Mal mit den Augen, und abermals strömten ihm die Thränen die Wangen hinab. – »Du hast doch deshalb nichts gegen mich?« – »Nein,« er blickte voll und klar zu ihm empor, wenn auch die Stimme wie erstickt war. – »Mein liebes Kind, ich will mit dir sein, so lange ich lebe.«

Er wartete auf Oeyvind, bis sich dieser wieder gefaßt und seine Bücher zusammengesucht hatte, und erklärte ihm dann, daß er ihn nach Hause begleiten wollte. Langsam gingen sie nach Oeyvinds Wohnung, anfangs war der Bursch still und verschlossen und schien mit sich selbst im Kampfe, aber nach und nach überwand er sich. Er war so überzeugt, daß das Vorgefallene das Beste wäre, was ihm hätte widerfahren können, und dieser Glaube war, noch ehe er nach Hause kam, so stark geworden, daß er seinem Gott dafür dankte und sich auch gegen den Schulmeister dahin aussprach. »Ja, nun wollen wir auch daran denken, daß du im Leben etwas erreichst,« sagte der Schulmeister, »denn nun wirst du nicht mehr nach Irrlichtern und den ersten Plätzen jagen. Was sagst du zum Seminar?« – »Ach, ich möchte es gern besuchen.« – »Du meinst wohl die Ackerbauschule?« – »Ja!« – »Sie ist freilich auch die beste Schule für dich; sie gewährt andere Aussichten als eine Schulmeisterstelle.« – »Aber wie soll ich dorthin kommen? Ich habe aufrichtig Lust, aber keine Mittel.« – »Sei fleißig und brav, so werden sich schon Mittel finden.« –

Oeyvind fühlte sich von Dankbarkeit ganz überwältigt. Seine Augen begannen zu leuchten, seine Athemzüge wurden leichter, er fühlte sich von jenem Feuer einer unendlichen Liebe erfüllt, welches aufzulodern pflegt, wenn man unerwartet die Güte der Menschen erfährt. Die ganze Zukunft stellt man sich dann einen Augenblick wie ein Wanderer in frischer Bergesluft vor; man wird mehr getragen, als man geht.

Als sie bei Oeyvinds Eltern anlangten, saßen beide in stiller Erwartung in der Wohnstube, obgleich Arbeitszeit war und die Arbeit drängte. Der Schulmeister trat zuerst ein, hinter ihm Oeyvind, und beide lächelten. »Nun?« fragte der Vater und legte das Gesangbuch fort, indem er gerade das »Gebet eines Confirmanden« gelesen hatte. Die Mutter stand am Herde und wagte nichts zu sagen; sie lachte, aber ihre Hand zitterte; sie erwartete augenscheinlich etwas Gutes, wollte sich aber nicht verrathen. »Ich bin nur hergekommen, um euch selbst die freudige Nachricht zu bringen, daß er alle Fragen beantwortet hat, und daß der Pfarrer zugestand, er hätte noch nie einen besseren Confirmanden gehabt.« – »Das erfreut mein Herz,« sagte die Mutter und wurde sehr bewegt. – »Das ist ja schön,« sagte der Vater und räusperte sich etwas unsicher.

Nach längerem Stillschweigen fragte die Mutter leise: »Welchen Platz erhält er?« – »Den achten oder neunten,« entgegnete der Schulmeister ruhig. Die Mutter sah den Vater, dieser erst sie und dann Oeyvind an und sagte: »Ein Käthnersohn kann nichts Besseres verlangen.« – Oeyvind warf jetzt seinem Vater ebenfalls einen Blick zu. Wieder war es ihm, als wollte ihm etwas in den Hals empor steigen, aber er bezwang sich, indem er schnell an lauter

Freundliches und Angenehmes dachte, bis er des hervorbrechenden Schmerzes wieder Herr wurde.

»Jetzt thu ich am besten, wieder zu gehen,« sagte der Schulmeister, nickte und wandte sich nach der Thür. Beide Eltern begleiteten ihn nach ihrer Gewohnheit bis auf die Flurtreppe; hier schob der Schulmeister ein Priemchen in den Mund und sagte lächelnd: »Er wird jedenfalls der Erste, allein er braucht es nicht vor dem Tage der Einsegnung zu erfahren.« – »Nein, nein,« versetzte der Vater und nickte. – »Nein, nein,« sagte die Mutter und nickte ebenfalls. Darauf ergriff sie den Schulmeister bei der Hand und sagte: »Empfange unsern Dank für alles, was du für ihn thust.« – »Ja, ja, sei herzlich bedankt,« sagte der Vater, und der Schulmeister ging, während sie noch lange stehen blieben und ihm nachschaueten.

Siebentes Kapitel.

Der Schulmeister hatte Recht gehabt, als er den Pfarrer gebeten hatte, erst zu prüfen, ob Oeyvind auch wirklich den ersten Platz verdiente. In dem Zeitraume von drei Wochen, der noch bis zur Confirmation verstrich, war er täglich bei dem Knaben; eine junge, weiche Seele kann wohl einem Eindrucke nachgeben, aber ein andres ist es, ob sie ihn auch mit aller Glaubenskraft festhält. Viele finstere Stunden kamen über den Knaben, ehe er lernte, sich bei seinen Plänen für die Zukunft von etwas Besserem als von Eitelkeit und Trotz leiten zu lassen. Wenn er gerade in voller Arbeit saß, verlor er oft plötzlich die Lust und ging von der Arbeit fort: zu welchem Zwecke, sagte er bei sich, arbeite ich, was gewinne ich? Aber eine Weile später gedachte er des Schulmeisters, seiner Worte und seiner Güte; aber dieses menschlichen Mittels bedurfte er, um wieder emporzusteigen, so oft er von der richtigen Auffassung seiner höheren Pflicht hinabstürzte.

In den Tagen, wo man sich in seinem elterlichen Hause auf seine Einsegnung vorbereitete, bereitete man sich gleichzeitig auch auf seine Reise nach der Ackerbauschule vor, denn schon den Tag darauf sollte er sie antreten. Schneider und Schuster saßen in der Stube, die Mutter backte in der Küche, und der Vater arbeitete an einem Koffer. Viel wurde in dieser Zeit von den Kosten, die sein zweijähriger Aufenthalt auf der Schule verursachen würde, so wie davon gesprochen, daß er wohl schwerlich die ersten Weihnachten, vielleicht nicht einmal die zweiten nach Hause kommen könnte, und wie schwer es ihnen fallen würde, so lange getrennt zu sein. Auch von der Liebe, die er seinen Eltern schuldig wäre, welche für ihr Kind so große Opfer brächten, wurde geredet. Oeyvind saß daneben wie jemand, der sich auf eigene Hand in die Welt hinausgewagt, aber Schiffbruch gelitten hätte und jetzt von liebevollen Menschen aufgenommen wäre.

Ein solches Gefühl giebt Demuth, und mit ihr kommt noch vieles andere. Als der große Tag nahte, durfte er sich vorbereitet nennen und ihm mit zuversichtlicher Hingebung entgegensehen. So oft ihm Marits Bild vor die Seele trat, schob er es vorsichtig auf die Seite, fühlte sich jedoch dabei schmerzlich berührt. Er versuchte, seiner dabei immer mehr Meister zu werden, allein es wollte ihm nicht gelingen; der Schmerz, den er dabei fühlte, wurde im Gegentheil immer heftiger. Deshalb fühlte er sich am letzten Abend ermattet, als er nach längerer Selbstprüfung Gott anflehte, er möchte ihn in diesem Punkte nicht zu sehr prüfen.

Bei Anbruch des Abends erschien der Schulmeister. Sie setzten sich alle in die Stube, nachdem sie die gewöhnlichen Vorbereitungen, wie an dem Abende vor der Abendmahlsfeier beendet hatten. Die Mutter war bewegt, und der Vater schwieg; der Abschied lag hinter dem morgenden Feste, und es war ungewiß, wann sie wieder so beisammen sitzen würden. Der Schulmeister langte die Gesangbücher hervor, sie hielten Andacht und sangen, und darauf hielt er ein freies Gebet.

Bis tief in die Nacht saßen nun diese vier Menschen bei einander, ehe sie Müdigkeit fühlten; endlich schieden sie mit den besten Wünschen für den kommenden Tag und was er bringen würde. Als Oeyvind sich niederlegte, mußte er einräumen, daß er sein Lager noch nie in so glücklicher Stimmung aufgesucht hatte. Heute Abend gab er dieser Empfindung eine besondere Deutung; er verstand nämlich darunter: nie habe ich mich so ergeben in Gottes Willen und so fröhlich in ihm niedergelegt. – Marits Gesicht trat ihm sofort wieder vor die Seele, und das letzte, dessen er sich noch bewußt war, glich einer Art Selbstversuchung: nicht ganz glücklich, nicht ganz, – flüsterte ihm eine innere Stimme zu, worauf er erwiderte: ja, ganz. Aber immer wieder vernahm er: nicht ganz, – ja, ganz; – nein, nicht ganz –.

Als er erwachte, war er sofort der Bedeutung dieses Tages eingedenk, betete und fühlte sich gestärkt. Seit dem Sommer hatte er für sich allein auf dem Boden geschlafen; jetzt stand er auf und zog vorsichtig seine neuen Kleider an; so schöne hatte er nie zuvor gehabt. Namentlich hatte er eine rundzugeschnittene Tuchjacke bekommen, die er erst vielmal befühlen mußte, ehe er sich an sie gewöhnte. Er zog einen kleinen Spiegel hervor, als er den Kragen umgebunden und die Jacke eben zum vierten Male angezogen hatte. Als er jetzt sein eigenes vergnügtes Gesicht, von dem ungewöhnlich hellblonden Haare eingerahmt, sich daraus entgegenlächeln sah, fiel es ihm ein, daß dies bestimmt wieder Eitelkeit wäre. Ja, aber gut und reinlich gekleidet müssen die Leute doch sein, antwortete er sich selbst, indem er sich vom Spiegel abwandte, als ob es Sünde wäre, hineinzuschauen. – Ei freilich, aber man darf sich über dergleichen doch nicht so sehr freuen. – Nein, aber recht bedacht, muß Gott doch selbst fein Wohlgefallen daran haben, daß jemand sich darüber freut, hübsch auszusehen. – Das ist schon möglich, aber besser würde ihm doch wohl gefallen, du wärest hübsch, ohne darauf Acht zu geben. – Das ist wahr, aber sieh, das kommt nur davon, daß alles noch so neu ist. – Ei ja, dann mußt du es aber auch nach und nach wieder ablegen. – Er ertappte sich dabei, daß er sich bald über diesen Gegenstand, bald über einen andern in selbstprüfenden Gesprächen erging, damit keine Sünde diesen Tag beflecken möchte; allein er wußte auch, daß dazu mehr gehörte.

Als er zu den Eltern hinabkam, saßen sie bereits völlig angekleidet da und warteten auf ihn mit dem Frühstück. Er ging auf sie zu, ergriff sie bei der Hand und bedankte sich für die neuen Kleider. »Zerreiße sie mit Gesundheit,« lautete ihr herzlicher Wunsch. Sie setzten sich zu Tische, beteten still und aßen. Die Mutter deckte darauf den Tisch wieder ab und brachte den für den Kirchgang bestimmten Eßranzen herein. Der Vater zog sein Wamms an, die Mutter steckte ihre Tücher fest, alle nahmen ihre Gesangbücher, verschlossen das Haus und stiegen das Gebirg hinauf. Sobald sie den Weg oben auf der Höhe erreicht hatten, begegneten sie den Kirchgängern, zu Wagen wie zu Fuß, dazwischen. Confirmanden und in einer andern Schaar wieder Großeltern mit weißen Haaren, die diesmal von dem Kirchenbesuche nicht zurückbleiben wollten.

Es war ein Herbsttag ohne Sonnenschein, wie das Wetter zu sein pflegt, wenn es umzuschlagen droht. Gewölk stieg auf und zertheilte sich wieder, bisweilen zog eine große Zahl einzelner Wolken über den ganzen Himmel hinfort, als überbrächten sie Befehle zum Beginn des Unwetters; aber unten auf der Erde war es noch still, todt hing das Laub da und zitterte nicht einmal, die Luft war etwas schwül; die Leute hatten ihre Reisemäntel bei sich, benutzten sie aber nicht. Eine ungewöhnlich große Menschenmenge hatte sich um die frei daliegende Kirche gesammelt; aber die Confirmanden gingen augenblicklich in die Kirche, um noch vor Beginn des Gottesdienstes aufgestellt zu werden. Plötzlich kam der Schulmeister in blauem Anzüge, Frack und Kniehosen, hohen Stiefeln und steifer

Halsbinde, während ihm die Pfeifenspitzmaus der Hinteren Rock-
tasche hervorguckte, den Gang entlang, nickte und lachte, klopfte
einem auf die Schulter, forderte einen andern mit wenigen Worten
auf, recht laut und deutlich zu antworten und gelangte unter all
diesem geschäftigen Treiben bis in die Nähe der Armenbüchse,
neben der Oeyvind stand und alle Fragen seines Freundes Hans
über seine Reiseerlebnisse beantwortete. »Guten Tag, Oeyvind, hast
dich heute fein gemacht,« sagte er und faßte ihn beim Kragen seiner
Jacke, als ob er mit ihm reden wollte. »Höre du, ich traue dir alles
Gute zu. Ich habe so eben mit dem Pfarrer geredet, du darfst deinen
bisherigen Platz in der Schule behalten; stelle dich auf den ersten
Platz und antworte deutlich.«

Oeyvind blickte ihn überrascht an, der Schulmeister nickte, der
Bursch ging einige Schritte, blieb stehen, ging wieder einige Schritte
und blieb abermals stehen; ei, es wird wohl so sein, er hat gewiß
beim Pfarrer ein gutes Wort für mich eingelegt, und raschen Schrittes ging der Bursch nach dem ersten Platze hin. »Du sollst doch
Nummer eins bekommen,« flüsterte ihm ein Knabe zu. »Ja,« erwiderte Oeyvind leise, obgleich er sich noch immer nicht von einem
Gefühle der Bangigkeit, ob es denn auch wirklich wahr wäre, frei
machen konnte.

Als die Aufstellung beendet, und der Pfarrer erschienen, wurde
zusammengeläutet, und die Kirchgänger strömten in das Gottes-
haus hinein. Da erblickte Oeyvind Marit Haidehöfen gerade vor
sich, sie sah ihn ebenfalls an, aber beide waren von der Heiligkeit
der Stätte so ergriffen, daß sie sich nicht zu grüßen wagten. Er gewahrte nur, daß sie blendend schön war und das Haar ohne allen
Schmuck trug, mehr sah er nicht. Oeyvind, der seit länger als einem
halben Jahre so stolze Pläne darauf gebaut hatte, ihr so gegenüber
stehen zu können, vergaß in dem Augenblicke der Erfüllung seinen
Platz wie sie, vergaß, daß er ja an beides gedacht hatte.

Nach Beendigung des Gottesdienstes und der heiligen Handlung
kamen Verwandte und Freunde ihre Glückwünsche darzubringen;
darauf traten seine Kameraden an ihn heran, um ihm Lebewohl zu
sagen, da sie gehört hatten, daß er schon am folgenden Tage abreisen würde; dann nahten sich auch viele jüngere Schulgenossen, mit
denen er auf dem Berge Schlitten gefahren und bei denen der Ab-

schied nicht ohne Thränen abging. Zuletzt erschien der Schulmeister, der ihm und den Eltern schweigend die Hand reichte und sie durch einen Wink zum Gehen aufforderte; er würde sie begleiten. So waren denn die Vier wieder zusammen, und diesmal sollte es der letzte Abend sein. Unterwegs nahmen noch viele von ihm Abschied und wünschten ihm Glück, aber sonst sprachen sie nicht miteinander, ehe sie zu Hause zusammensaßen.

Der Schulmeister bot alles auf, sie bei gutem Muthe zu erhalten. Grauen befiel die Familie jetzt fast bei dem Gedanken an eine zweijährige Trennung, da sie bis jetzt noch nicht einen einzigen Tag von einander fern gewesen waren; allein niemand wollte es sich merken lassen. Je mehr sich der Tag neigte, desto beklommener fühlte sich Oeyvind; er wollte versuchen, sich im Freien ein wenig zu beruhigen.

Es war bereits halb dunkel, und ein eigenthümliches Sausen ließ sich in der Luft vernehmen. Er blieb auf der Flurtreppe stehen und blickte zum Himmel empor. Da hörte er von dem Rande der Bergwand her seinen Namen nennen, ganz leise, es war keine Täuschung, denn zweimal wurde er wiederholt. Er schaute auf und sah undeutlich, daß oben zwischen den Bäumen eine weibliche Gestalt auf den Knien lag und hinabblickte. – »Wer ist da?« fragte er. – »Ich höre, du willst abreisen,« versetzte sie leise; »deshalb trieb es mich zu dir, um dir Lebewohl zu sagen, da du nicht zu mir kommen wolltest.« – »Bist du es, liebe Marit! Ich werde zu dir hinaufkommen.« – »Nein, thu' es nicht; ich habe schon gar lange auf dich gewartet; niemand weiß, wo ich bin, und ich muß eilen, nach Hause zu kommen.« – »Es war schön von dir, daß du mich aufsuchtest,« sagte er. – »Ich konnte es nicht aushalten, daß du so abreisen solltest, Oeyvind; wir haben einander gekannt seit den ersten Jahren unserer Kindheit.« – »Das haben wir.« – »Und nun haben wir schon seit einem halben Jahre nicht mit einander gesprochen.« – »Das thaten wir leider auch nicht.« – »Wir gingen damals auch so eigenthümlich von einander.« – »Ach ja; – höre, ich glaube, ich muß doch zu dir hinaufkommen.« – »Ach nein, thue es nicht! Aber sage mir: du bist doch nicht mehr böse auf mich?« – »Liebe Marit, wie kannst du das glauben?« – »So lebe denn wohl, Oeyvind, und habe Dank für alle die angenehmen Stunden, die du mir bereitet hast?« – »Gehe noch nicht, Marit!« – »Ja, jetzt muß ich scheiden, man wird mich schon vermissen.« – »O Marit, Marit!« – »Nein, ich darf nicht länger ausbleiben, Oeyvind; lebe wohl!« – »Lebe wohl!«

Wie im Traume ging er darauf einher und gab, wenn man ihn anredete, ganz verkehrte Antworten; man schrieb es der Abreise zu, was sich ja recht gut annehmen ließ, und diese nahm auch seine ganze Aufmerksamkeit in Anspruch, als der Schulmeister sich am Abende von ihm verabschiedete und ihm dabei etwas in die Hand steckte, was sich nachher als einen Fünfthalerschein herausstellte. Als er sich aber später niederlegte, dachte er nicht an die Abreise, sondern an die Worte, die er von der Bergwand herab vernommen und zu ihr hinauf gerufen hatte. Als Kind durfte sie nicht nach der Bergwand hinaufkommen, weil der Großvater fürchtete, sie könnte hinabfallen. Vielleicht kommt sie doch noch hinab!

Achtes Kapitel.

Liebe Eltern!

Jetzt haben wir weit mehr zu arbeiten bekommen, aber ich habe die andern auch schon beinahe eingeholt, so daß es mir nicht mehr so schwer fällt Und nun werde ich auf Vaters Ackerwirthschaft vieles verändern, wenn ich nach Hause komme, denn in ihr wird vieles verkehrt angefangen, und es ist wunderbar genug, daß das bisher gut gethan hat. Aber ich werde alles wieder in Ordnung bringen, da ich jetzt vieles gelernt habe. Ich habe Lust, nach einer Stelle zu kommen, wo ich alles, was ich nun weiß, benutzen kann; deshalb muß ich mich nach einer großen Stelle umsehen, wenn ich fertig bin. Hier sagen alle, Jon Hatlen sei nicht so geschickt, als bei uns zu Hause erzählt wird, aber er besitzt einen eigenen Hof, so daß das keinen andern angeht als ihn selbst. Viele, die von hier kommen, erhalten sehr hohen Lohn; sie werden aber nur so gut bezahlt, weil unsere Ackerbauschule die beste im Lande ist. Einige meinen zwar, daß eine im nächsten Bezirk noch besser sei, aber das ist gar nicht wahr. Hier dreht sich alles um zwei Worte: das eine heißt Theorie und das andere Praxis, und es ist gut, wenn man sie beide hat, und das eine ist nichts ohne das andere, aber das letzte ist doch das beste. Und das erste Wort bedeutet die Kenntnis der Ursache und des Grundes zu einer Arbeit, aber das andere bedeutet, daß man die Arbeit auch selbst machen kann, wie zum Beispiel jetzt, wo uns ein Sumpf Arbeit macht. Denn es giebt viele, die ganz gut wissen, wie sie es bei einem Sumpfe machen sollen, machen es aber trotzdem verkehrt, denn sie können es nicht. Viele andere wieder können es und wissen es nicht, und so kann es auch schlecht ausfallen, denn es giebt vielerlei Arten Sümpfe. Aber wir auf der Ackerbauschule, wir lernen beide Worte. Unser Director ist so tüchtig, daß sich kein Einziger mit ihm messen kann. Bei der letzten Versammlung der Landwirthe aus dem ganzen Lande stellte er zwei Fragen auf, während die andern Direktoren jeder nur eine einzige aufzustellen hatten, und immer wurde es, wie er sagte, wenn sie es sich erst hatten überlegen können. Aber bei der vorjährigen Versammlung, auf der er war, ging alles nach bloßem Zufall. Den Lieutenant, der das Land messen lehrt, hat der Direktor nur wegen dessen großer Tüchtigkeit bekommen, denn die anderen Schulen haben

keinen Lieutenant; aber er ist so geschickt, daß er aus der Lieu-
tenantsschule der allerbeste gewesen sein soll.

Der Schulmeister fragt, ob ich in die Kirche gehe. Ei ja, gewiß gehe ich in die Kirche, denn jetzt hat der Pfarrer einen Hilfsgeistlichen
erhalten, und der predigt so, daß allen in der Kirche ganz bange
wird, und es eine Freude ist zuzuhören. Er ist von der neuen Religion, die sie in Christiania haben, und den Leuten kommt er zu streng
vor, aber das kommt ihnen nur zu Gute.

Augenblicklich lernen wir viel Geschichte, die wir vorher nicht
gelernt haben, und es ist merkwürdig, alles zu erfahren, was in der
Welt vorgegangen ist, namentlich aber bei uns. Denn wir haben
beständig gesiegt, ausgenommen wenn wir geschlagen wurden,
und damals sind wir noch viel kleiner gewesen. Jetzt haben wir
Freiheit, und die hat kein Volk in so hohem Grade wie wir, ausgenommen Amerika, aber da sind sie nicht glücklich. Und unsere
Freiheit sollen wir mehr als alles andere lieben.

Jetzt will ich für diesmal schließen; denn ich habe einen sehr langen Brief geschrieben. Der Schulmeister wird wohl den Brief lesen,
und wenn er für Euch antwortet, so soll er mir doch etwas Neues
von dem Einen oder dem Andern erzählen; denn das thut er nicht.
Aber seid nun vielmals gegrüßt von Eurem ergebenen Sohn«

Oeyvind Thoresen.

Liebe Eltern!

Nun muß ich Euch berichten, daß hier Prüfung gewesen ist und ich in vielen Fächern das Prädicat »vorzüglich gut« erhalten habe und im Schreiben und Feldmessen »sehr gut«, wahrend mein Aussatz in der Muttersprache nur »ziemlich gut« ausgefallen ist. Das kommt daher, sagt der Director. weil ich nicht genug gelesen habe, und er hat mir einige Bücher von Ole Big geschenkt, die unvergleichlich schön sind, weil ich alles verstehe. Der Director ist sehr gut gegen mich, er erzählt uns so Vielerlei. Hier ist, sagt er, alles so erschrecklich klein gegen das, was im Auslande ist; wir verstehen fast gar nichts, sondern lernen alles von den Schottländern und Schweizern, von den Holländern dagegen lernen wir die Gärtnerei. Viele reisen nach diesen Ländern hinüber, schon in Schweden sind sie darin weit erfahrener als wir, und dort ist der Director selbst gewesen. Nun bin ich bald ein Jahr hier und glaube viel gelernt zu haben; wenn ich jedoch daran denke, was bei der Entlassungsprüfung verlangt wird, und wie auch die, welche sie bestanden haben, sich mit den Ausländern nicht messen können, so werde ich ganz betrübt. Und noch dazu ist der Boden hier in Norwegen so unergiebig gegen den im Auslande, er belohnt gar nicht all die Mühe, die wir uns mit ihm geben. Das Volk hier will es den Ausländern auch gar nicht einmal nachmachen. Und wenn sie auch wollten, und wenn der Boden weit besser wäre, so haben sie ja doch kein Geld, ihn in richtiger Weise anzubauen. Es ist merkwürdig, daß es gegangen ist, wie es gegangen.

Nun bin ich in der obersten Klasse und muß, ehe ich fertig bin, ein Jahr darin sein. Aber meine meisten Kameraden sind verreist, und ich sehne mich nach Hause. Mir kommt es vor, als stände ich ganz allein, obgleich ich es doch gar nicht thue; aber es ist einem so eigenthümlich zu Muthe, wenn man so lange fortgewesen ist. Ich glaubte einst, daß ich hier recht klug und tüchtig werden würde, »bei damit steht es gar übel aus.

Was soll ich nun anfangen, wenn ich von hier fortkomme? Zuerst will ich natürlich nach Hause, später muß ich mir wohl eine Stelle suchen, sie darf aber nicht sehr entfernt sein.

Lebt nun wohl, liebe Eltern; grüßt alle, die noch nach mir fragen, und sagt ihnen, daß ich es gut habe, aber daß ich mich wieder nach Hause sehne.

Euer ergebener Sohn

Oeyvind Thoresen.

Lieber Schulmeister!

Hiermit frage ich Dich, ob Du den einliegenden Brief übersenden und zu keinem Einzigen davon sprechen willst. Und willst du es nicht, so verbrenne ihn.

Oeyvind Thoresen.

An

die tugendreiche Jungfrau Marit Knudstochter Nordistuen auf den obern Haidehöfen.

Du wirst Dich wohl sehr darüber wundern, einen Brief von mir zu erhalten, aber das sollst Du nicht, denn ich will Dich nur fragen, wie es Dir geht. Davon mußt Du mich baldmöglichst und in jeder Hinsicht benachrichtigen. Von mir selbst weiß ich Dir nur zu melden, daß ich hier in einem Jahre fertig bin.

Ehrerbietigst

Oeyvind Thoresen.

An

den Junggesellen Oeyvind Thoresen auf der Ackerbauschule. Deinen Brief habe ich von dem Schulmeister richtig erhalten, und ich will antworten, da Du mich darum bittest. Mir ist eigentlich davor bange, da Du so gelehrt bist; ich habe zwar einen Briefsteller, aber was darin steht, paßt für mich nicht. So will ich es denn versuchen und Du mußt den Willen für die That nehmen; Du darfst jedoch niemanden mein Schreiben zeigen, sonst bist Du der nicht, für den ich Dich halte. Du darfst es auch nicht aufbewahren, weil es sonst leicht jemand zu sehen bekommen könnte, sondern Du sollst es verbrennen, und daß mußt Du mir versprechen. Ich möchte Dir gern mancherlei schreiben, aber ich wage es nicht. Wir haben eine gute Ernte gehabt, die Kartoffeln stehen hoch im Preise, und hier auf den Haidehöfen haben wir einen hinreichenden Bedarf. Aber der Bär hat im Sommer unter dem Vieh übel gehaust; dem Ole in den Niederhöfen zerriß er zwei Rinder und unserm Käthner verletzte er eine Kuh dermaßen, daß sie geschlachtet werden mußte. Ich webe nach dem Muster eines schottischen Zeuges an einem sehr großen Gewebe, und das ist schwierige Arbeit. Und nun will ich Dir erzählen, daß ich noch zu Hause bin, und das andere es gern anders haben möchten. Nun weiß ich für diesmal nichts mehr zu schreiben, und deshalb lebe wohl.

Marit Knudstochter.

N.S.

Du mußt diesen Brief gleich verbrennen, sobald Du ihn gelesen hast.

An

den Ackerbauschüler Oeyvind Thoresen!

Das habe ich Dir stets gesagt, Oeyvind: Wer mit Gott wandert, der hat das beste Theil erwählt. Aber jetzt sollst Du meinen Rath hören und der besteht darin, daß Du Dich nicht an die Welt hängst noch sie fliehst, sondern Gott vertraust und Dein Herz sich nicht in Sehnsucht verzehren lässest, denn dann hast Du einen andern Gott neben ihm. Feiner muß ich Dir melden, daß sich Dein Vater und Deine Mutter wohl befinden; mir aber thut die eine Hüfte weh, denn nun schlägt der Krieg mit allem, was man in ihm zu leiden hat, bei mir wieder heraus. Was die Jugend säet, das erntet das Alter, und sowohl der Geist wie der Körper schmerzt und möchte mir Klagen und Seufzen erpressen. Aber das Alter soll nicht klagen, denn Weisheit rinnet aus den Wunden, und der Schmerz predigt Geduld, daß der Mensch Kraft gewinne für die letzte Reise. Heute habe ich aus vielen Gründen die Feder ergriffen, und zwar zuerst und vor allen Dingen um Marits willen, die eine gottesfürchtige Dirne geworden, aber leichtfüßig wie ein Rennthier, unbeständig und wetterwenderisch ist. Sie möchte sich wohl gern an das Eine halten, das Noth thut, aber ihre Natur ist ihr hinderlich; indessen habe ich oft gesehen, daß der Herr gegen solch ein schwaches Herz mild und nachsichtig ist und es nicht über Vermögen versuchen läßt, damit es nicht zerbreche; und Marit ist schwach und gebrechlich. Den Brief gab ich ihr richtig, und sie verbarg ihn vor allen, ausgenommen vor ihrem eignen Herzen. Und will Gott diese Sache unter seine Hut nehmen, so habe ich nichts dagegen, denn jungen Männern ist sie eine Augenlust, wie man leicht wahrnehmen kann und sie hat vollauf an irdischen Gütern, und auch an himmlischen fehlt es ihr nicht trotz ihrer Unbeständigkeit. Aber die Gottesfurcht ist in ihrem Herzen wie das Wasser in einem flachen Teiche; beim Regen ist es da, aber im Sonnenschein verschwindet es.

Nun halten meine Augen das Schreiben nicht länger aus; so weit sie auch in die Ferne blicken, so thun sie mir doch weh und füllen sich mit Thränen, wenn ich sie auf das Naheliegende richte. Nur das Eine will ich Dir noch an das Herz legen, Oeyvind: Wonach Du auch strebst und ringest, fange nichts ohne Gott an, denn es stehet geschrieben: Es ist besser eine Hand voll mit Ruhe, denn beide Fäuste voll mit Mühe und Jammer. (Pred. Sal. 4,6).

Dein alter Schulmeister

Baard Andersen Opdal.

An

die tugendreiche Jungfrau Marit Knudstochter Haidehöfen.

Ich danke Dir für Deinen Brief, den ich gelesen und verbrannt habe, wie Du es verlangst. Du schreibst von vielem, aber gar nichts von dem, was ich gern hätte hören mögen. Auch ich wage nicht von etwas Gewissem zu schreiben, ehe ich nicht erfahre, wie es mit Dir in *jeder Beziehung* steht. Der Brief des Schulmeisters sagt nichts, woran man sich halten könnte, aber erst lobt er Dich und dann behauptet er, Du seist unbeständig. Früher warst Du es auch. Nun weiß ich nicht, was ich glauben soll, und deshalb mußt Du schreiben. Denn ich werde nicht ruhig, ehe Du geschrieben hast. Am häufigsten denke ich jetzt daran, daß Du am letzten Abend auf den Berg kamst, und an die Worte, die Du damals sagtest. Mehr will ich diesmal nicht sagen, und deshalb mögest Du wohl leben.

Ehrerbietigst

Oeyvind Thoresen.

An

den Junggesellen Oeyvind Thoresen.

Der Schulmeister hat mir einen neuen Brief von Dir gegeben und ich habe ihn eben gelesen. Aber ich verstehe ihn durchaus nicht, und das kommt wohl davon, daß ich nicht gelehrt bin. Du willst wissen, wie es mit mir in *jeder Beziehung* steht. So höre denn: ich bin frisch und gesund und mir fehlt schlechterdings nichts. Ich habe sehr guten Appetit, besonders wenn es Milchspeisen giebt, ich schlafe Nachts und dann und wann auch am Tage. Diesen Winter habe ich viel getanzt, denn es hat hier viele Festlichkeiten gegeben, und es ging auf ihnen sehr großartig zu. Ich gehe in die Kirche, wenn der Schnee nicht zu hoch liegt, was jedoch diesen Winter oft der Fall gewesen ist. Nun wirft Du wohl alles erfahren haben, und hast Du es nicht, so weiß ich Dir keinen bessern Rath zu geben, als daß Du noch einmal an mich schreiben mußt.

Marit Knudstochter.

An

die tugendreiche Jungfrau Marit Knudstochter Haidehöfen.

Deinen Brief habe ich erhalten, aber Du scheinst mich *nicht* klüger machen zu wollen, als ich zuvor war. Vielleicht ist dies auch eine Antwort, ich weiß es nicht. Ich wage nicht, etwas von dem zu schreiben, was ich gern schreiben möchte, denn ich kenne Dich nicht. Aber vielleicht kennst Du auch mich nicht.

Du mußt nicht glauben, daß ich noch immer der weiche Käse bin, aus dem Du Wasser drücktest, als ich da saß und Dich tanzen sah. Seit jener Zeit habe ich auf vielen Gestellen gelegen, um zu trocknen. Auch bin ich nicht wie die langhaarigen Hunde, die gleich die Ohren hängen lassen und sich vor den Leuten fürchten, wie ich früher that; von dergleichen habe ich mich jetzt frei gemacht.

Dein Brief war recht spaßig, aber er spaßte, wo es gar nicht zu spaßen war, denn Du verstandest mich recht wohl, und da konntest Du einsehen, daß ich nicht aus Scherz fragte, sondern weil ich in der letzten Zeit nur noch an den Gegenstand meiner Frage denken konnte. Ich ging in großer Angst umher und wartete, und da kam nur Spaß und Gelächter.

Lebe wohl, Marit Haidehöfen, ich will Dich nicht zu viel ansehen, wie bei jenem Tanzfeste. Mögest Du immerdar gut essen und gut schlafen und auch Dein neues Gewebe bald fertig bekommen, und mögest Du vor allen Dingen im Stande sein, den Schnee fort zu schaufeln, der vor der Kirchthür liegt.

Ehrerbietigst

Oeyvind Thoresen.

An

den Ackerbauschüler Oeyvind Thoresen.

Trotz meines hohen Alters und der Schwäche meiner Augen und des Schmerzes in meiner rechten Hüfte muß ich doch dem Drängen der Jugend nachgeben, denn sie nimmt zu uns Alten ihre Zuflucht, wenn sie sich selbst festgefahren hat. Sie schmeichelt und weint, bis sie wieder losgekommen ist, dann aber will sie nichts weiter von uns wissen und hören.

Ich sage dies in Bezug auf Marit; sie flattert um mich mit vielen süßen Worten herum, daß ich gleichzeitig mit ihr schreiben soll, denn sie traut sich nicht allein zu schreiben. Deinen Brief habe ich gelesen; sie bildete sich ein, sie hätte Jon Hatlen oder irgend einen andern Narren vor sich, und Nicht einen Mann, den der Schulmeister Baard erzogen hat; aber nun geht es ihr nahe. Indessen bist Du zu streng gewesen, denn es giebt gewisse Weibsleute, welche scherzen, um nicht zu weinen, und zwischen beiden Arten ist kein Unterschied. Trotzdem gefällt mir, daß Du das Ernste ernst nimmst, denn sonst kannst Du auch zu dem Spaßhaften nicht lachen.

Daß ihr euch gegenseitig liebt ist aus Vielem ersichtlich. An ihrer Neigung habe ich oft gezweifelt, denn sie gleicht dem Wehen des Windes, allein nun weiß ich, daß sie doch Jon Hatlen abgewiesen hat, worüber ihr Großvater in heftigen Zorn gerathen ist. Deine Werbung machte sie glücklich, und wenn sie scherzte, so geschah es nicht aus böser Absicht, sondern vor Freude. Sie hat viel ausgestanden, und hat es über sich ergehen lassen, um auf den zu warten, dem ihre Liebe gehörte. Nun aber willst Du nichts mehr von ihr wissen, sondern wirfst sie von Dir wie ein unartiges Mädchen.

Das war es, was ich Dir vorhalten wollte, und den Rath will ich noch hinzufügen, daß Du Dich wieder mit ihr aussöhnen mußt, denn Du wirst schon sonst Gelegenheit genug zum Streiten finden.

Ich gleiche jenem Greise, der drei Geschlechter gesehen hat; ich kenne die Thorheiten und ihren Lauf.

Dein Vater und Deine Mutter lassen Dich grüßen, sie sehnen sich sehr nach Dir. Davon habe ich Dir jedoch früher nichts schreiben wollen, damit Dein gutes Herz darunter nicht litte. Deinen Vater kennst Du noch nicht; denn er ähnelt dem Baume, der nicht eher einen Seufzer von sich giebt, als bis er umgehauen wird. Aber widerfährt Dir einmal etwas, dann wirst Du ihn kennen lernen und Du wirst voll Bewunderung zu ihm aufschauen. Er ist im Weltlichen bedrückt und schweigsam gewesen, aber Deine Mutter hat sein Herz von der weltlichen Angst befreit und nun breitet sich Tageshelle über dasselbe.

Nun umwölken sich meine Augen, und auch die Hand will nicht mehr fort. Deshalb empfehle ich Dich ihm, dessen Auge immerdar wacht, und dessen Hand nie müde wird.

Baard Andersen Opdal.

An

Oeyvind Thoresen.

Du scheinst auf mich böse zu sein, und das thut mir sehr leid. Denn ich meinte es nicht so, ich meinte es nur gut. Ich denke daran, daß ich oft nicht so gegen Dich gewesen bin, wie ich hätte sein sollen, und deshalb will ich jetzt an Dich schreiben, aber Du darfst es niemandem zeigen. Einmal hatte ich es, wie ich es haben wollte, und da war ich nicht gut; aber jetzt will keiner mehr etwas von mir wissen, und nun habe ich es sehr schlimm. Jon Hatlen hat ein Spottlied auf mich gedichtet, und das singen alle Burschen und ich darf zu keinem Tanze kommen. Die beiden Alten wissen es, und ich muß böse Worte hören. Aber ich sitze allein und schreibe und Du mußt es nicht zeigen.

Du hast viel gelernt und könntest mir rathen, allein Du weilst in weiter Ferne. Ich bin oft unten bei Deinen Eltern gewesen und habe mit Deiner Mutter gesprochen, und wir sind gute Freundinnen geworden; aber ich wage nicht, ihr etwas zu sagen, denn Du schreibst so sonderbar. Der Schulmeister macht sich nur über mich lustig und weiß nichts von dem Spottliede; dergleichen wagt niemand im Kirchspiele in feiner Gegenwart zu singen. Jetzt bin ich allein und habe keinen, mit dem ich sprechen könnte. Ich denke an die Zeit unserer Kindheit zurück, wo Du immer so gut gegen mich warst, und ich immer auf Deinem Schlitten sitzen durfte. Ich wünschte, ich wäre wieder ein Kind.

Ich nehme mir nicht mehr heraus, Dich um Antwort zu bitten, denn ich wage es nicht. Wolltest Du mir jedoch noch einmal antworten, dann würde ich es Dir nie vergessen, Oeyvind.

Marit Knudstochter.

Lieber, verbrenne diesen Brief; ich weiß fast nicht, ob ich ihn abschicken darf.

Liebe Marit!

Besten Dank für den Brief; Du hast ihn in guter Stunde geschrieben. Nun will ich Dir gestehen, Marit: ich habe Dich so lieb, daß ich es hier fast nicht länger aushalten kann, und kannst Du mich eben so gut leiden, dann sollen Jons Spottlieder und andere böse Worte nur Blätter sein, wie sie der Baum für Viele trägt. Seit ich Deinen Brief erhielt, bin ich ein neuer Mensch, denn doppelte Kraft erfüllt mich und ich fürchte mich vor niemandem in der ganzen Welt. Nachdem ich den vorigen Brief abgesandt hatte, befiel mich eine so große Reue, daß ich fast krank darüber wurde. Und nun sollst Du hören, was dies zur Folge hatte. Der Director nahm mich bei Seite und fragte mich, was mir fehlte; er war der Ansicht, ich lernte zu viel. Da sagte er mir, ich sollte nach Ablauf meiner Studienzeit noch ein Jahr hier bleiben und zwar ohne Kostgeld zu zahlen; ich sollte ihm mit dem Einen und dem Andern helfen, aber er wollte mir dafür weiteren Unterricht ertheilen. Da dachte ich, die Arbeit wäre das Einzige, woran ich mich halten könnte, und ich nahm es dankbar an; und noch jetzt bereue ich es nicht, obgleich ich mich nun nach Dir sehne, denn je länger ich hier bin, mit desto größerer Hoffnung kann ich Dich einst begehren. Wie fröhlich bin ich jetzt, ich arbeite für drei und nie werde ich in irgend einer Sache zurückstehen! Aber Du sollst ein Buch bekommen, welches ich lese, denn darin steht viel von Liebe. Am Abend, wenn die andern schlafen, lese ich darin, und dann lese ich auch Deinen Brief wieder durch. Hast Du Dir wohl den Augenblick unseres Wiedersehens schon vorgestellt? Ich habe oft an ihn gedacht, und Du solltest auch den Versuch machen und Dich überzeugen, wie wonnig dieser Gedanke ist. Aber ich bin froh, daß ich so viel zusammengeschrieben habe, obgleich es mir früher so schwer war; denn jetzt kann ich Dir sagen, was ich will und in meinem Herzen dazu lächeln.

Viele Bücher will ich Dir zum Lesen geben, aus denen Du sehen kannst, wie viele Widerwärtigkeiten die zu überwinden hatten, die einander innig liebten, so daß sie lieber vor Gram starben, als daß sie einander aufgegeben hätten. Und so wollen auch wir thun und es mit großer Freude thun. Wohl wird es fast noch zwei Jahre währen, bis wir einander sehen, und noch länger, bis wir einander bekommen; allein mit jedem Tage, der dahinfließt, ist doch ein Tag weniger; so wollen wir denken, während wir arbeiten.

In meinem nächsten Briefe werde ich Dir noch Vielerlei erzählen, aber heute Abend habe ich kein Papier mehr, und die anderen schlafen. So will ich mich auch niederlegen und an Dich denken, und immer wieder an Dich denken, bis ich einschlafe.

Dein Freund

Oeyvind Thoresen.

Neuntes Kapitel.

An einem Sonnabend in der Mitte des Sommers ruderte Thore über den Fjord, um seinen Sohn zu holen, der Nachmittags von der Ackerbauschule nach beendigtem Studium heimkehren sollte. Die Mutter hatte schon mehrere Tage vorher einige Tagelöhnerinnen beschäftigt, alles war rein und sauber, die Kammer war schon längst in Stand gesetzt, ein Ofen darin aufgestellt, und hier sollte Oeyvind wohnen. Heute bestreute die Mutter den Fußboden mit frischem Laub, legte reines Linnenzeug zurecht, machte das Bett und blickte dann und wann hinaus, ob sich noch kein Boot auf dem Fjord zeigte. Drinnen war alles zum festlichen Mahle vorbereitet, aber immer noch fehlte bald dieses, bald jenes, oder die Fliegen mußten fortgescheucht werden, und trotz alles Abstäubens lag in der Kammer Staub und beständig Staub. Noch immer kam kein Boot; sie lehnte sich gegen den Fensterrahmen und blickte auf die Bucht hinaus. Da hörte sie auf dem Wege dicht neben sich Schritte und wandte sich um. Es war der Schulmeister, der, auf einen Stock gestützt langsam den Berg hinabkam, denn die Hüfte that ihm weh. Ruhig blickten die klugen Augen umher. Er machte Halt, um sich einen Augenblick auszuruhen, nickte ihr dann zu und fragte: »Noch nicht angekommen?« – »Nein, ich, erwarte sie jeden Augenblick.« – »Gutes Heuwetter heute.« – »Aber für alte Leute zum Gehen zu heiß.« – Der Schulmeister schaute sie lächelnd an. »Sind etwa junge Leute heute hier gewesen?« – »Eine Gewisse war hier, ist aber wieder fortgegangen.« – »Ei natürlich; werden sich wohl am Abend irgendwo treffen.« – »Wird wohl so sein; Thore sagt, sie dürfen sich in seinem Hause nicht treffen, ehe sie die Einwilligung der Alten haben.« – »Vollkommen recht.« – Nach einer Weile rief die Mutter: »Ich glaube fast, sie kommen.« – Der Schulmeister blickte lange auf den Fjord hinaus. »Ja, sie sind es!« Sie trat vom Fenster zurück, und er ging hinein.« Als er ein wenig geruht und etwas getrunken hatte, gingen sie nach dem Ufer hinab, während das Boot schnell auf sie zueilte, denn sowohl der Vater wie der Sohn ruderte. Die Rudernden hatten die Jacken abgeworfen, Schaum spritzte unter den Rudern empor, deshalb war das Boot ihnen bald zur Seite. Oeyvind wandte sich um, schlug die Augen auf, erblickte sie beide an dem Landungsplatze, ruhte auf den Rudern und rief: »Guten Tag, Mutter, guten Tag Schulmeister!« – »Wie männlich seine Stimme geworden ist!« sagte die Mutter mit strahlendem Gesicht; »doch ist er noch immer eben so blond wie früher,« setzte sie hinzu. Der Schulmeister befestigte das Boot an der Landungsbrücke, und der Vater zog die Ruder ein. Stürmisch sprang Oeyvind an ihm vorüber ans Land, reichte erst der Mutter, dann dem Schulmeister die Hand, lachte und lachte wieder und erzählte ganz gegen die Sitte der Bauern in einem reißenden Strome sofort von der Prüfung, der Reise, dem Zeugnisse des Directors und den ihm gemachten günstigen Anerbietungen. Er fragte nach dem Stand der Saaten, nach Freunden und Bekannten, mit Ausnahme einer einzigen. Der Vater war beschäftigt, das Gepäck aus dem Boote zu tragen, wollte jedoch ebenfalls gern hören und meinte deshalb, es könnte ja vorläufig hier stehen bleiben und folgte ihnen. Und so gingen sie denn auf das Haus zu, Oeyvind lachte und erzählte, die Mutter lachte mit, denn sie wußte durchaus nicht, was sie sagen sollte, der Schulmeister ging langsam neben ihnen her und sah Oeyvind mit klugen Augen an, und der Vater schritt fast ehrerbietig hinter ihnen her. Und so gelangten sie heim. Oeyvind freute sich über alles, was er sah, zuerst über den neuen Anstrich des Hauses, dann über die Erweiterung der Mühlwerke, ferner darüber, daß die Fensterscheiben in der Stube und Kammer nicht mehr mit Blei eingefaßt waren, das grüne Glas dem weißen hatte weichen müssen, und die Fensterrahmen größer geworden. Als er eintrat, kam ihm alles so wunderbar klein vor, wie es ihm in der Erinnerung nie geschienen hatte, aber doch so traulich und gemüthlich. Die Uhr gackerte wie eine fette Henne, die Stühle waren so künstlich geschnitzt, als ob, sie mitreden wollten, jede einzelne Tasse auf dem gedeckten Tische kannte er, der Herd lächelte ihm neugeweißt ein freundliches Willkommen zu. Duftend standen Zweige voll frischen Laubes die Wände entlang, der Fußboden war mit, den Nadeln des Wachholderstrauches bestreut und gab dem Ganzen einen festlichen Anstrich. Sie setzten sich zum Essen nieder, allein es wurde trotzdem nicht viel gegessen, denn er plauderte unaufhörlich. Jetzt betrachtete ihn jeder mit größerer Ruhe, fand Aehnlichkeiten und Unähnlichkeiten heraus, bemerkte, was an ihm neu war, bis auf die blauen Tuchkleider, die er trug. Als einmal nach Beendigung einer langen Geschichte über einen seiner Kameraden eine kurze Pause eintrat, sagte der Vater: »Ich verstehe fast kein einziges Wort von dem, was du sagst, mein

Sohn, du sprichst so entsetzlich schnell.« – Alle brachen in lautes Gelächter aus, und Oeyvind nicht am wenigsten; er wußte recht gut, daß der Vater vollkommen Recht hatte, aber es war ihm nicht möglich langsamer zu sprechen. All das Neue, was er auf seinem ersten großen Ausfluge in die Welt gesehen und gelernt, hatte seine Einbildungskraft und Auffassungsgabe dermaßen ergriffen und ihn seinen früheren Verhältnissen so entfremdet, daß die Kräfte, welche lange geschlummert hatten, wie aufgescheucht waren, und sich der Kopf in unablässiger Arbeit befand. Ferner fiel es ihnen auf, daß er sich aus lauter Ueberstürzung angewöhnt hatte, hier und da ganz willkürlich zwei, drei Worte wieder und immer wieder auszunehmen; es war, als stolperte er über sich selbst. Bisweilen machte dies eine komische Wirkung, aber dann lachte er, und vergessen war es. Der Vater und der Schulmeister saßen da und paßten auf, ob er etwas von seiner früheren Umsicht und Besonnenheit verloren, hätte, aber das schien nicht so. Er dachte an alles, erinnerte selbst daran, daß das Boot ausgeladen werden müßte, packte sogleich sein Zeug aus, zeigte seine Bücher, seine Uhr, alles Neue, und es war, wie Mutter sagte, wohl erhalten. In seinem kleinen Zimmer fühlte er sich außerordentlich glücklich; für das Erste wollte er, wie er sagte, daheim bleiben, bei der Heuernte helfen und lesen. Wohin er sich später wenden wollte, wußte er noch nicht, aber das war ihm völlig gleichgültig. Er besaß eine Schnelligkeit und Kraft des Denkens, welche erquickte, und eine Lebendigkeit in der Ausdrucksweise seiner Gefühle, die den so wohlthuend berührt, welcher das ganze Jahr hindurch gezwungen ist, Zurückhaltung zu beobachten. Der Schulmeister wurde zehn Jahre jünger.

»Nun wären wir so weit mit ihm gekommen,« sagte er vor Glück strahlend, als er sich zum Ausbruch erhob.

Als die Mutter, die ihn nach alter Gewohnheit bis auf die Flurtreppe begleitet hatte, wieder hineinkam, bat sie Oeyvind, ihr in die Kammer zu folgen. »Es erwartet dich jemand um neun Uhr,« flüsterte sie. – »Wo?« – »Oben auf dem Berge!«

Oeyvind sah nach der Uhr, sie ging auf Neun. Im Zimmer war er außer Stande zu warten, sondern ging hinaus, kletterte den Berg hinauf, blieb oben stehen und blickte umher. Das Dach des Hauses lag dicht unter dem Berge; das Buschwerk auf dem Dache war groß geworden, das junge Gehölz um ihn her war auch gewachsen, und er kannte jeden einzelnen Baum. Er sah hinab über den Weg, der den Berg entlang ging, und in den Wald hineinführte. Grau und ernst lag der Weg da, aber der Wald prunkte in allerlei Laubarten; die Bäume erhoben sich hoch und schlank; in der kleinen Bucht lag ein Schiff mit schlaffen Segeln; es war mit Planken geladen und wartete auf Wind. Er blickte über das Wasser hinaus, welches ihn in die Ferne und wieder zurückgetragen hatte; still und klar lag es da, einige Seevögel flogen darüber hin, aber ohne Geschrei, da es bereits spät war. Der Vater kam aus der Mühle, blieb auf der Flurtreppe stehen, sah wie der Sohn über das Wasser hin und ging darauf an den Strand hinab, um der beginnenden Nacht wegen das Boot auf das Land zu ziehen. Die Mutter kam aus der Küche, die auf die Giebelseite des Hauses lag; sie schaute, als sie mit Futter für die Hühner über den Hof schritt, nach dem Berge hinauf, blickte noch einmal empor und trällerte ein Lied. Oeyvind setzte sich auf die Erde, um zu warten; das Gesträuch stand so dicht, daß er nicht hindurchblicken konnte; aber er lauschte auf das geringste Geräusch. Lange waren es nur auffliegende Vögel, die ihn täuschten, bald wieder ein Eichhörnchen, welches von einem Baume zum andern sprang. Aber endlich raschelt etwas in weiterer Ferne, das Geräusch verstummte einen Augenblick, dann raschelt es wieder; er erhebt sich, sein Herz klopft, und das Blut steigt ihm zu Kopfe. Da wird das Gesträuch neben ihm plötzlich durchbrochen, ein großer, zottiger Hund tritt daraus hervor, blickt ihn an, bleibt dann auf drei Beinen stehen und regt sich nicht. Es war der Hund auf den oberen Haidehöfen, und dicht hinter ihm raschelt es. wieder, der Hund dreht den Kopf um und wedelt: jetzt kommt Marit.

Ein Strauch hielt ihren Rock fest, sie wandte sich um, um ihn los zu machen, und so stand sie da, als er sie zum ersten Male sah. Ihr Haar war unbedeckt und in die Höhe gekämmt, wie es die norwegischen Mädchen an den Werkeltagen zu tragen pflegen; ihr Leibchen war von starkem, gestreiftem Zeuge und ohne Aermel, und um den Hals trug sie nichts als einen herabfallenden Linnenkragen; sie hatte sich von der Feldarbeit wegstehlen müssen, und keinen Putz anlegen können. Nun blickte sie mit schräg zur Seite geneigtem Köpfchen in die Höhe und lächelte; blendendweiß schimmerten ihre kleinen Zähne und hell leuchtete es aus ihren halbgeschlosse-

nen Augenlidern. Verlegen stand sie einen Augenblick da und zupfte an ihrem Röckchen, aber dann trat sie auf ihn zu und wurde bei
jedem Schritte röther. Er ging ihr entgegen und ergriff ihre Hand;
sie blickte zu Boden, und so standen sie einander gegenüber.

»Dank für alle deine Briefe,« war das Erste, was er sagte, und als
sie nun mit einiger Verlegenheit aufsah und lächelte, da empfand
er, daß sie die schelmischste Zauberin wäre, der er in einem Walde
begegnen könnte; aber er war gefangen; und sie war es nicht weniger. »Wie groß du geworden bist!« sagte sie, meinte aber etwas ganz
anderes. Sie betrachtete ihn mehr und mehr, lachte immer fröhli-
cher, und da lachte er auch; aber sie sagten nichts. Der Hund hatte
sich auf den Felsenrand gesetzt und schaute aus das Haus hinab;
Thore bemerkte diesen Hundekopf unten vom Wasser aus und
konnte für sein Leben nicht begreifen, was sich dort oben auf dem
Berge zeigte.

Aber die Beiden hatten einander jetzt losgelassen und begannen
nun ein wenig zu sprechen. Und als er erst anfing in Feuer zu gerathen, liefen ihm die Worte so schnell über die Lippen, daß sie sich
nicht enthalten konnte, über ihn zu lachen, »Ja, siehst du, so bin ich,
wenn ich fröhlich, recht fröhlich bin, siehst du; und als zwischen
uns beiden alles gut wurde, da war es, als spränge ein Schloß in mir
auf, siehst du.« Sie lachte, darauf sagte sie: »Alle Briefe, welche du
mir schicktest, kann ich fast auswendig,« – »Und ich erst recht die
deinen! Aber du schriebst auch immer so kurz.« – »Weil du es beständig so lang haben wolltest?« – »Und wenn ich verlangte, daß
wir mehr von einer gewissen Sache schreiben sollten, so entschlüpf-
test du wieder.« – »Ich nehme mich am besten aus, wenn du mich
von der Rückseite siehst, sagte die Waldfrau.« – »Aber da fällt mir
gerade ein, nie hast du mir geschrieben, wie du Jon Hatten los wur-
dest.« – »Ich lachte.« – »Wie?« – »Ich lachte; weißt du nicht was
lachen heißt?« – »Ei, lachen kann ich auch.« – »Laß mich einmal
sehen!« – »Hat man so etwas schon je gehört! Ich muß doch etwas
haben, worüber, ich lachen kann!« – »Das habe ich nicht nöthig,
wenn ich fröhlich bin.« – »Bist du jetzt fröhlich, Marit?« – »Lache ich
denn jetzt?« – »Ja, das thust du.« Er nahm ihre beiden Hände und
schlug sie zusammen, daß es laut klatschte, wahrend er sie dabei
zärtlich anblickte. Plötzlich fing der Hund an zu knurren, dann
sträubte er das Haar, begann in die Tiefe hinab zu bellen, wurde

böser und immer böser und zuletzt völlig wüthend. Erschreckt sprang Marit zurück, aber Oeyvind, trat dicht an den Abhang und blickte hinab. Es war sein Vater, den der Hund anbellte. Er stand mit beiden Händen in den Taschen dicht unter dem Berge und schaute zu dem Hunde hinauf. »Bist du auch da? Was ist das für ein böser Hund, den du dort oben hast?« – »Es ist ein Hund von den Haidehöfen.« erwiderte Oeyvind etwas verlegen. – »Wie zum Kuckuck ist er dort hinaufgekommen?« – Die Mutter, welche den schrecklichen Lärm gehört hatte, guckte schnell zum Küchenfenster hinaus, begriff sofort, was vorgefallen war, lachte und sagte: »Der Hund läuft hier jeden Tag umher; dabei ist doch nichts Sonderbares.« – »Das ist aber ein furchtbar bissiger Köter.« – »Er beruhigt sich, wenn man ihn streichelt,« meinte Oeyvind und fuhr mit der Hand über sein zottiges Fell; der Hund schwieg, wenn er auch noch leise knurrte. Der Vater ging arglos in das Haus, und das Pärchen war vor Entdeckung gerettet.

»Diesmal ging es,« sagte Marit, als sie wieder Seite an Seite standen. – »Befürchtest du, daß es später schlimmer wird?« – »Ich wenigstens kenne Einen, der uns aufpassen wird.« – »Dein Großvater?« – »Den meine ich gerade.« – »Aber er soll uns nichts thun!« – »Nie soll er unsere Herzen trennen.« – »Und gelobest du mir das fest?« – »Ja, das gelobe ich dir, Oeyvind.« – »Wie schön du bist, Marit!« – »So sagte der Fuchs zum Raben und bekam den Käse.« – »Sei überzeugt, auch ich will den Käse gern haben.« – »Aber du bekommst ihn nicht.« – »Dann nehme ich ihn mir!« Sie wandte den Kopf ab, und er nahm ihn nicht. – »Jetzt will ich dir auch etwas sagen, Oeyvind!« sie sah dabei von der Seite zu ihm auf. – »Nun?« – »Wie garstig bist du geworden!« – »Du willst mir den Käse also doch geben?« – »Nein, das will ich nicht,« und abermals wandte sie sich ab.

»Nun muß ich gehen, Oeyvind.« – »Ich werde dich begleiten.« – »Aber nicht bis aus dem Walde heraus, sonst könnte der Großvater dich gewahren.« – »Nein, nicht bis aus dem Walde heraus. Aber, liebes Mädchen, laufe doch nicht so schnell!« – »Wir können hier ja nicht Seite an Seite gehen.« – »Aber das nennt man doch nicht Begleitung?« – »Greif' mich dann!« – Sie lief, er setzte ihr nach, und da sie bald hängen blieb, fing er sie. – »Habe ich dich jetzt für immer gefangen, Marit?« Er schlang seinen Arm um ihren Leib. – »Ich glaube es,« sagte sie leise und lachte, wurde aber gleich darauf roth und ernst. Nein, nun muß es endlich geschehen, dachte er, umfaßte sie, und wollte sie küssen. Aber sie beugte den Kopf unter seinen Arm hinunter, lachte und lief von Neuem. Bei den letzten Bäumen blieb sie jedoch stehen. »Wann wollen wir uns wieder treffen?« fragte sie leise. – »Morgen, morgen!« antwortete er ebenso. – »Ja, morgen! So lebe denn wohl!« und schnell sprang sie fort. – »Marit!« Sie blieb stehen. – »Höre, es ist doch wunderbar, daß wir uns zum ersten Male oben auf dem Berge treffen mußten.« – »Ei ja, das ist es,« und eilig setzte sie ihren Weg fort.

Lange blickte er ihr nach, der Hund sprang voraus und bellte, sie eilte ihm nach und brachte ihn zum Schweigen. Er wandte sich um, nahm seine Mütze und warf sie in die Höhe, fing sie wieder auf, und schleuderte sie abermals empor; »jetzt habe ich, sollte ich meinen, den Anfang zur wahren Fröhlichkeit gemacht,« sagte er und trat singend den Heimweg an.

Zehntes Kapitel.

An einem Sommernachmittage, als die Mutter und eine Magd Heu zusammenharkten, während der Vater und Oeyvind es einbrachten, kam ein kleines barfüßiges und barhäuptiges Bübchen über Berge und Felder zu Oeyvind angehetzt und händigte ihm einen Zettel ein. – »Du verstehst dich auf das Laufen!« sagte Oeyvind. – »Da ich bezahlt bekommen habe, muß ich mir auch Mühe geben,« antwortete das Büblein. Es verneinte die Frage, ob es Antwort bringen sollte, und trat den Rückweg über den Berg wieder an, denn, wie es sagte, käme jemand auf dem Wege hinter ihm. Schnell öffnete Oeyvind den in Form eines Knoten fest zusammengelegten und versiegelten Papierstreifen und las: »Jetzt befindet er sich auf dem Wege, aber es geht langsam. Laufe in den Wald und verstecke Dich.

Die Bewußte.«

»Das thue ich wahrlich nicht,« dachte Oeyvind und blickte trotzig nach den Bergen empor. Es dauerte denn auch nicht lange, bis auf dem höchsten Berge ein alter Mann erschien, sich ruhte, eine kurze Strecke ging und dann wieder ruhte. Sowohl Thore wie seine Frau hielten inne, um ihn zu betrachten. Thore begann bald zu lächeln, seine Frau wechselte dagegen die Farbe. – »Kennst du ihn?« – »Gewiß; hier kann man sich nicht leicht irren.«

Vater und Sohn fuhren in ihrer Arbeit fort, und Oeyvind wußte es so einzurichten, daß sie immer bei einander blieben. Wie ein schwerer Westwind wälzte sich der Alte auf dem Berge langsam näher. Er war sehr groß und etwas wohlbeleibt; da er schlimme Füße hatte, konnte er nur mit Hilfe eines Stockes schwerfällig einen Fuß vor den andern setzen. Endlich war er so nahe, daß sie ihn deutlich sehen konnten; er machte Halt, nahm die Mütze ab und trocknete sich den Schweiß mit einem Taschentuche. Er hatte nicht ein einziges Haar mehr, ein rundes, runzliches Gesicht, buschige Augenbrauen, kleine stechende Augen, aber noch den ganzen Mund voller Zähne. Seine Stimme war scharf und schreiend und klang, als ob sie über Stock und Stein hüpfte; aber auf einem oder dem andern »R« ruhte er mit großem Wohlbehagen, schnarrte es mehrere Ellen lang hin und machte zugleich mit dem Tone einen gewaltigen Satz. In früheren Zeiten war er als ein munterer, wenn auch hitziger Mann bekannt gewesen; in der letzten Zeit war er dagegen in Folge von allerlei Widerwärtigkeiten jähzornig und mißtrauisch geworden.

Thore und Oeyvind waren die Wiese schon oftmals auf- und niedergeschritten, ehe Ole in ihre Nähe kam; beide begriffen, daß er nicht in guter Absicht kam, und deshalb machte es einen um so komischeren Eindruck auf sie, daß er sein Ziel nie erreichen zu können schien. Sie mußten beide höchst ernsthaft einhergehen und ganz leise sprechen, allein da dies nie ein Ende nehmen wollte, wurde es mit der Zeit lächerlich. Schon ein halbes Wort kann, wenn es treffend ist, unter solchen Umständen Lachen hervorrufen, und besonders, wenn das Lachen mit Gefahr verbunden ist. Als er zuletzt nur noch wenige Schritte von ihnen entfernt war, und sein Marsch noch immer kein Ende nehmen wollte, sagte Oeyvind ganz trocken und leise: »Er muß schwer geladen haben, der Mann!« und mehr bedurfte es nicht. – »Ich glaube, du bist nicht gescheidt,« flüsterte der Vater, obgleich er selbst lachen mußte. – »Hm, hm!« schnaufte Ole auf dem Berge. – »Er macht die Stimme klar,« flüsterte Thore. Oeyvind warf sich vor einem Heuhaufen auf die Knie, steckte den Kopf in das Heu und lachte. Der Vater beugte sich ebenfalls nieder. »Laß uns in die Scheuer gehen!« flüsterte er, nahm einen Arm voll Heu und eilte hinweg. Oeyvind ergriff ebenfalls ein kleines Bündel, lief, von einem wahren Lachkrampf ergriffen, hinter ihm her und warf sich lachend auf die Tenne nieder. Der Vater war ein ernster Mann, aber hatte ihn etwas zum Lachen gebracht, so begann er erst stoßweise zu kichern, dann immer anhaltender, wenn auch nur trillerförmig, bis endlich alles in ein einziges, schallendes Gelächter überging, das wellenartig immer lauter und lauter hervorbrach. Jetzt war er in Zug gekommen, der Sohn lag auf dem Boden, der Vater stand über ihn gebeugt, und beide lachten, daß es schallte. Sie hatten bisweilen solche Lachtage, allein dieser käme ungelegen, sagte der Vater. Zuletzt begriffen sie gar nicht, was sie anfangen sollten, denn jetzt mußte der Alte ja endlich den Hof erreicht haben. »Ich denke gar nicht daran hinauszugehen,« sagte der Vater, »denn ich habe mit ihm nichts zu schaffen.« – »Nun, dann gehe ich auch nicht hinaus,« erklärte Oeyvind. – »Hm, hm,« erklang es draußen auf der Trift. Der Vater drohte dem Burschen. »Marsch hinaus mit dir!« – »Geh' mir erst voran!« – »Willst du dich gleich hinauspacken!« – »Zeige mir nur den Weg!« – Und nun begannen sie sich gegenseitig zu reinigen und traten mit höchst ernster Miene hinaus. Als sie unten an der Treppe ankamen, sahen sie Ole vor der Küchenthür stehen, als ob er sich bedächte. In der Hand, in der er den Stock trug, hielt er auch die Mütze und trocknete mit dem Taschentuche seinen kahlen Kopf, während er zugleich durch die wenigen struppigen Haarreste hinter den Ohren und im Nacken fuhr, daß sie sich wie Stacheln in die Höhe sträubten. Oeyvind hielt sich hinter dem Vater; dieser mußte deshalb stehen bleiben, und um der Sache ein Ende zu machen, sagte er mit übertriebenem Ernste: »Machen sich noch so alte Leute auf den Weg?« – Ole wandte sich um, sah ihn scharf an und setzte seine Mütze wieder zurecht, ehe er erwiderte: »Ja, das kommt schon vor!« – »Du wirst müde sein; willst du nicht eintreten?« – »Ich kann mich hier, wo ich stehe, eben so gut ausruhen; mein Geschäft nimmt nicht viel Zeit in Anspruch.« – Plötzlich klinkte die Mutter leise die Küchenthür auf; zwischen ihr und Thore stand der alte Ole, den Mützenschirm bis über die Augen hinabgezogen, denn seitdem er das Haar verloren hatte, war die Mütze außerordentlich groß geworden. Um sehen zu können, neigte er den Kopf weit hintenüber, den Stock hielt er in der rechten Hand und die linke stemmte er in die Seite, wenn er nicht gerade gestikulirte. Seine einzige Gestikulation bestand indessen darin, daß er sie halb vor sich hinstreckte und dort als Wächter seiner Würde still hielt. »Ist der Mann hinter dir, dein Sohn?« begann er mit kreischender Stimme. – »Man sagt es.« – "Heißt er nicht Oeyvind?« – »Den Vornamen führt er.« – »Hat er nicht eine der Ackerbauschulen im Süden besucht?« – »Du bist ganz recht unterrichtet.« – »Das Mädchen, meine Tochtertochter, die Marit, sie ist vor einiger Zeit verrückt geworden.« – "Das ist ja recht bedauernswerth!« – »Sie will sich nicht verheirathen.« – "Sollte man es glauben!« – "Sie will keinen von all den Bauersöhnen, die sich um sie bewerben.« – »Wer hätte das gedacht!« – »Aber das soll seine Schuld sein, deines Sohnes, der dort steht.« – »Ei, ei.« – »Er soll ihr den Kopf verdreht haben; ja, er da, dein Sohn, der Oeyvind.« – »Das ist ja ein Teufelsjunge!« – »Siehst du, ich leide nicht, daß mir jemand meine Pferde fortnimmt, wenn ich sie zur Weide aus das Gebirge schicke, leide auch nicht, daß mir jemand meine Tochter nimmt, wenn ich sie zum Tanze gehen lasse, ich leide das nimmermehr.« – »Natürlich nicht.«

– »Ich kann nicht immer hinterher laufen, bin alt, kann nicht beständig aufpassen.« – »Will's glauben, will's glauben!« – »Ja, siehst du, es muß mit allem Art haben; hier muß der Hauklotz stehen und dort das Beil liegen und da das Messer, hier müssen sie ausfegen und dort müssen sie ausspucken, nicht draußen vor die Thür hin, sondern in die Ecke hinein, gerade dahin und nirgends anders wohin. Folglich, wenn ich zu ihr sage: nicht den, sondern den, so muß der es sein und nicht der.« – »Natürlich!« – »Aber so ist es nicht; drei Jahre lang hat sie beständig nein gesagt, und drei Jahre lang ist es zwischen uns nicht gut gewesen. Das ist böse, und da er die Schuld daran trägt, so will ich ihm in deiner, des Vaters, Gegenwart sagen, daß ihm das nichts nützt und er mit der Geschichte ein Ende machen muß.« – »Ja, ja!« – Ole blickte Thore eine Weile an; darauf sagte er: »Du antwortest so kurz?« – »Die Wurst ist nicht länger.«

Hier mußte Oeyvind lachen, obgleich ihm wahrlich nicht lächerlich zu Muthe war. Aber bei frohen Menschen steht die Furcht beständig an der Grenze des Lachens, und jetzt trieb es ihn über dieselbe hinweg. »Worüber lachst du?« fragte Ole kurz und scharf. – »Meinst du mich?« – »Lachst du mich etwa aus?« – »Möge Gott mich davor bewahren!« allein seine eigene Antwort erneuerte seine Lachlust. Ole bemerkte es und wurde völlig wüthend. Sowohl Thore wie Oeyvind bemühten sich, das Versehen durch ernste Gesichter und durch die freundliche Bitte, er möchte doch eintreten, wieder gut zu machen; aber sein dreijähriger Ingrimm suchte sich Luft zu machen, und ließ sich deshalb nicht zurückhalten. »Du mußt nicht denken, mich zum Besten haben zu können,« begann er; »ich bin vollkommen in meinem Rechte, ich sorge für das Gluck meiner Enkelin, so wie ich es verstehe, und das Lachen eines Gelbschnabels soll mich nicht davon abhalten. Man zieht seine Mädchen nicht dazu auf, sie in das erste beste Käthnerhaus hineinzuwerfen, welches sich ihnen öffnen will und man wirthschaftet nicht vierzig Jahre, um dem Ersten, der dem Mädel den Kopf verdreht, alles in die Arme zu werfen. Meine Tochter sperrte und spreizte sich so lange, bis sie schließlich einen Landstreicher heirathete, und der Trunk raffte sie beide hinweg, und ich mußte das Kind zu mir nehmen und die Zeche bezahlen; aber der Teufel soll mich holen, wenn es meiner Tochtertochter eben so ergehen soll, nun weißt du es! – So wahr ich Ole Nordistuen auf den Haidehöfen bin, kann ich dir sagen: eher soll der Pfarrer die Kobolde und Gnomen im Nordalswalde trauen, als dich mit der Marit von der Kanzel herab aufbieten! Gehst du etwa darauf aus, die mir zusagenden Freier vom Hofe zu verscheuchen? Versuch's einmal, zu mir hinaufzukommen; dann sollst du in einer Eile den Berg hinabgelangen, daß die Schuhe hinter dir her dampfen sollen. Du Gesichterschneider, du! Du glaubst am Ende, ich wüßte nicht, was du im Schilde führst, du sowohl wie die Dirne. Ei, ihr bildet euch ein, der alte Ole Nordistuen werde bald die Nase auf dem Kirchhofe nach oben kehren, und dann wollt ihr vor den Altar treten. Sechsundsechzig Jahre habe ich zwar hinter mir, aber ich will dir doch beweisen, Bursch, daß ich leben werde, bis ihr beide darüber die Gelbsucht bekommt. Laure meinetwegen Tag und Nacht um mein Haus herum auf sie, und doch sollst du ihre Fußsohlen nicht zu sehen bekommen, denn ich sende sie aus dem Kirchspiel fort, sende sie dahin, wo sie in Sicherheit ist, dann magst du hier wie eine Elster umherstreichen und dich mit Regen und Nordwind verheirathen. Mehr habe ich dir nicht zu sagen; dein Vater kennt nun meine Ansicht und will er dein wahres Wohl, so möge er sich bemühen, deiner Neigung eine andere Richtung zu geben; auf meinem Eigenthum ist keine Stätte für sie.« – Darauf entfernte er sich mit kleinen, aber schnellen Schritten, wobei er den rechten Fuß etwas höher hob als den linken und fortwährend vor sich hinbrummte.

Den Zurückbleibenden hatte sich ein tiefer Ernst bemächtigt, ein böses Vorzeichen hatte sich in ihren Scherz und ihr Lachen gemischt, und das Haus war einen Augenblick wie von einem schweren Zauber befallen. Die Mutter, welche von der Küchenthür aus alles mit angehört hatte, blickte Oeyvind bekümmert und dem Weinen nahe an, sagte aber kein Wort, um ihm das Herz nicht noch schwerer zu machen. Als sie alle schweigend in das Haus eingetreten waren, setzte sich Thore an das Fenster und blickte Ole mit ernstem Gesichte nach. Oeyvinds Augen hingen an jeder seiner Mienen, denn von seinem ersten Worte mußte ja fast die ganze Zukunft des jungen Paares abhängen. Setzte Thore ihren Wünschen eben so wie Ole sein Nein entgegen, so waren ihre Aussichten fast hoffnungslos. Erschreckt eilten Oeyvinds Gedanken von einem Hindernis zum andern; einen Augenblick sah er nur Armuth, Widerstreben, Mißverständnis und gekränktes Ehrgefühl vor sich, und er fand keine

Stütze, nach der er greifen konnte. Seine Unruhe wurde noch dadurch vermehrt, daß die Mutter mit der Hand auf der Küchenthürklinke dastand, ungewiß, ob sie dableiben und die Entscheidung mit anhören sollte, und daß sie schließlich den Muth völlig verlor und hinausschlich. Oeyvind schaute den Vater unverwandt an, der sich stellte, als bemerkte er es nicht; der Sohn durfte ihn auch nicht anreden, denn er mußte dem Vater Zeit lassen, seine Gedanken zu ordnen. Endlich hatte er alle beängstigende Gedanken verscheucht und seine Fassung wieder gewonnen. »Niemand als Gott allein vermag uns zu trennen,« dachte er gerade bei sich selbst, als er plötzlich bemerkte, wie sich die Stirn des Vaters runzelte. Der Augenblick der Entscheidung war da. Thore seufzte tief auf, erhob sich, sah auf und begegnete dem Blicke des Sohnes. Er blieb vor ihm stehen und blickte ihn lange an. »Mein Wunsch wäre,« begann er, »du entsagtest ihr, denn man darf sich weder vorwärts betteln noch drohen.« Vermagst du sie jedoch nicht aufzugeben, so kannst du es mir gelegentlich sagen, und vielleicht kann ich dir dann helfen.« – Er ging wieder an die Arbeit, und der Sohn folgte ihm.

Am Abende war Oeyvind mit seinem Plane im Reinen; er wollte sich um die Stelle eines Bezirksagronomen bewerben und den Director und den Schulmeister um ihren Beistand dazu bitten. »Hält sie dann aus, so will ich sie mit Gottes Hilfe durch meine Arbeit gewinnen.«

Vergebens wartete er diesen Abend auf Marit; aber während er auf dem Berge auf- und abschritt, sang er mit tiefer Bewegung sein Lieblingslied.

> Erheb' dein Haupt in muth'gem Sinn!
> Welkt' eine Hoffnung dir auch hin,
> Vom Himmelszelt hernieder
> Erblüht dir neue wieder.
>
> Erheb' dein Haupt, hör' auf den Ruf,
> Der neue Hoffnung dir erschuf,
> Der jetzt von tausend Enden
> Dir Zuversicht will spenden.

Erheb' dein Haupt, in eigner Brust
Wölbt sich ein Himmel dir voll Lust,
Wo Harfentöne klingen
Und auf zum Herrn sich schwingen.

Erheb' dein Haupt, sing' fort dein Weh,
Daß neu dir Frühlingskraft ersteh',
Denn gähren erst die Kräfte,
Dann kommen neue Säfte.

Erheb' dein Haupt, des Herzens Qual
Verscheucht der hehre Hoffnungsstrahl,
Der alle Welt erfüllet
Und alle Schmerzen stillet.

Elftes Kapitel.

Die Mittagsruhe war eingetreten; die Leute schliefen auf den großen Haidehöfen, auf den Wiesen lag das Heu in Haufen zusam-
mengetragen und die Harken standen mit dem Stiel in die Erde
gesteckt da. Vor dem Scheunenthor standen die Heuwagen, die
Sielengeschirre lagen daneben und eine kurze Strecke entfernt wei-
deten die Pferde. Außer diesen und einigen Hühnern, die sich auf
den Acker hinaus gewagt hatten, war nicht ein einziges lebendes
Wesen zu erblicken.

In der Felsenwand oberhalb der Höfe war eine Kluft, durch welche der Weg zu den Almen, großen, grasreichen Bergweiden der
Haidehöfe führte. Oben in der Kluft stand eines Tages ein Mann
und blickte in die Ebene hinab, gerade als ob er jemand erwartete.
Hinter ihm lag ein kleiner Gebirgssee, aus dem der Bach, welcher
die Kluft gebildet hatte, hinabfloß. Um diesen See führten auf beiden Seiten Triften nach den Almen, die er weit überschauen konnte.
Fröhliches Jauchzen und lautes Gebell tönte ihm entgegen, von den
Berghalden klangen die Glocken der Kühe hernieder, denn unruhig
liefen ihre Trägerinnen umher, um den See zu erreichen, Hunde
und Sennerinnen bemühten sich, sie zusammenzuhalten, aber alle
Anstrengungen waren vergebens. Die Kühe kamen in den sonder-
barsten Sätzen angesprungen und liefen unter kurzem, ungewöhn-
lichem Gebrüll mit erhobenem Schwanze gerade in das Wasser
hinein, in dem sie stehen blieben; bei jeder Bewegung des Kopfes
klangen ihre Glocken weit über den See hinweg. Die Hunde tranken
ein wenig, blieben aber auf dem festen Lande, die Sennerinnen kamen hinterher und setzten sich auf die warme, glatte Berghalde
nieder. Hier nahmen sie ihre Ränzel hervor, tauschten die darin
enthaltenen Vorräthe mit einander, rühmten einander ihre Hunde,
Ochsen und Hausgenossen, entkleideten sich darauf und sprangen
in das Wasser, um ihren Kühen zur Seite zu bleiben. Die Hunde
wollten nicht mit hinein, sondern schlenderten mit hängenden Köp-
fen, glühenden Augen und lechzenden Zungen träge am Ufer umher. Kein Vogel ließ sich an den Felsenwänden blicken, kein Laut
vernehmen außer dem Geplauder der Mädchen und dem Schellen
der Glocken; verbrannt und versengt stand die Haide da, und die

Sonne erhitzte die Bergwände, daß sich alles nach Kühlung zu sehnen schien.

Oeyvind war der Mann, der dort oben wartend in der Mittagssonne saß. In Hemdsärmeln saß er dicht am Bache, der plätschernd aus dem See hinabfloß. Noch immer zeigte sich niemand in dem zu den Haidehöfen gehörenden Thale, und schon begann er unruhig zu werden, als plötzlich ein großer Hund schwerfällig aus einer Thür auf Nordistuen hervorgestürzt kam, und hinter ihm ein Mädchen in Hemdärmeln; sie lief über den Rasen den Berg hinan, und gern hätte er einen Jubelruf ausgestoßen, aber er wagte es nicht. Aufmerksam blickte er nach dem Hofe hinab, ob jemand zufällig herauskäme und sie etwa bemerkte, allein sie war bereits ungesehen hinter dem dichten Gesträuch verschwunden, und ungeduldig wartend sprang er wiederholentlich auf.

Sich mühsam den Bach entlang vorwärts arbeitend, nahte sie endlich, der Hund, der hin und wieder stehen blieb, um zu wittern, dicht vor ihr her, während sie sich durch das Gestrüpp drängte und immer matter und matter dahinschlich. Oeyvind eilte ihr entgegen, der Hund knurrte, wurde aber sofort zum Schweigen gebracht. Sobald Marit ihn kommen sah, setzte sie sich blutroth, vor Hitze ermattet und erschöpft, auf einen großen Stein. Er schwang sich neben sie auf den Stein empor. »Ich danke dir für dein Kommen!« – »Ach, was für eine Hitze und was für ein Weg! Hast du schon lange gewartet?« – »Nein. Seitdem sie uns des Abends aufpassen, müssen wir die Mittagszeit benutzen. Aber in Zukunft denke ich, wollen wir uns nicht mehr so in Dunkel hüllen und uns so abplagen; gerade darüber wünschte ich mit dir zu reden.« – »Nicht mehr in Dunkel hüllen?« – »Ich weiß allerdings, daß dir alles Dunkle und Geheimnisvolle am meisten zusagt, aber es entspricht auch deiner Natur, Muth an den Tag zu legen. Heute beabsichtige ich lange mit dir zu reden, und nun mußt du hören.« – »Ist es wahr, daß du Bezirksagronom werden willst?« – »Ja, und ich werde mein Ziel auch erreichen. Damit verbinde ich einen doppelten Zweck, zunächst eine feste Stellung zu erwerben, sodann, und das vor allen Dingen, etwas auszurichten, was dein Großvater sehen und beurtheilen kann. Es trifft sich so glücklich, daß die meisten Freibauern auf den Haidehöfen junge Leute sind, die Verbesserungen wünschen und Hilfe begehren; Geld besitzen sie ebenfalls. Das soll mein Anfang sein; ich will alles aufbessern von ihren Viehställen an bis zu ihren Wasserleitungen, ich will Vorträge halten und arbeiten, ich will den Alten so zu sagen mit guten Thaten belagern.« – »Das ist eine kecke Rede; aber was weiter, Oeyvind?« – »Das Weitere geht uns persönlich an. Du darfst nicht verreisen.« – »Wenn er es nun aber befiehlt?« – »Und darfst auch unser Verhältnis nicht verheimlichen.« – »Wenn er mich aber zwingen will?« – »Durch ein offenes Auftreten erreichen wir mehr und schützen uns besser. Wir werden gerade so viel unter den Augen der Leute sein, daß sie immer davon reden müssen, wie lieb wir einander haben; desto eher werden sie dann wünschen, daß es uns wohl ergehen möge. Du darfst nicht reisen. Die von einander Getrennten setzen sich der Gefahr aus, daß sich allerlei Geschwätz zwischen sie drängen kann. Im ersten Jahre glauben wir freilich nichts davon, aber nach und nach könnten wir doch anfangen, den üblen Gerüchten Glauben zu schenken. Wir wollen uns wöchentlich einmal treffen und alles Böse, was sich zwischen uns drängen will, fortlachen; wir können auf einem Tanze zusammentreffen und uns mit einander im Kreise umher nach dem Takte wiegen, während unsere Verleumder rings umher sitzen. Wir können uns vor der Kirche treffen und einander grüßen, so daß alle, die uns hundert Meilen von einander wünschen, es sehen können. Dichtet jemand ein Spottlied auf uns, so setzen wir uns zusammen und versuchen mit einem andern die passende Antwort darauf zu geben; wenn wir uns gegenseitig helfen, werden wir es schon fertig bringen. Niemand kann uns etwas anhaben, wenn wir zusammenhalten und es den Leuten auch zeigen, daß wir es thun. Unglückliche Liebe findet man nur bei Furchtsamen, Schwachen und Kränklichen, bei Berechnenden, die auf eine gewisse Gelegenheit warten, bei Listigen, die schließlich ihrer eigenen List zum Opfer fallen, oder bei Sinnlichen, die sich nicht so innig lieben, daß Stand und Unterschiede darüber vergessen werden können; die verbergen sich, schicken Briefe, beben bei jedem Worte, und die Furcht, diese beständige Unruhe, dieses unaufhörliche Prickeln im Blute halten sie schließlich für Liebe, fühlen sich unglücklich und lösen sich auf wie Seufzer. Pah, hätten sie einander wahrhaft lieb, dann fürchteten sie sich nicht, dann lachten sie, dann gingen sie in jedem Lächeln und jedem Worte offen gerade auf die Kirchenthür zu. Ich habe in Büchern darüber gelesen, und es auch selbst mit angesehen: es ist eine elende Liebe, die sich auf Schleichwege einläßt. Heimlich muß sie zwar beginnen, weil sie mit Verschämtheit beginnt, aber frei und offen leben, weil sie in Freude lebt. Mit der Liebe verhält es sich wie mit dem Laube: was wachsen soll, kann sich nicht verstecken, und stets wirst du sehen, daß beim Ausschlagen des Laubes zugleich auch alles Vertrocknete vom Baume abfällt. Wer in Liebe erglüht, läßt das alte todte Wesen fahren, die Säfte quellen und kreisen, und das sollte jedem verborgen bleiben? Juchhe, Mädchen, sie sollen fröhlich werden, wenn sie uns fröhlich sehen; zwei Verlobte, die allen zum Trotz aushalten, thun den Leuten eine Wohlthat, denn sie geben ihnen ein Gedicht, welches ihre Kinder zur Beschämung ungläubiger Eltern auswendig lernen. Ich habe von vielen Liebenden dieser Art gelesen und auch in unserm Kirchspiele leben einige in der Leute Mund, und gerade die Kinder derer, von denen all dieses Böse ausging, erzählen es jetzt und werden davon gerührt. Ja, Marit, jetzt wollen wir einander die Hand reichen, und uns geloben, in Hoffnung auszuhalten, und hurrah! dann wird es gehen!« – Er wollte sie umarmen, aber sie wandte sich ab und ließ sich von dem Steine hinuntergleiten.

Er blieb sitzen, sie kam wieder und, ihre Arme auf seine Knie stützend, blieb sie stehen und sprach mit ihm, indem sie zu ihm aufblickte. »Höre jetzt, Oeyvind: was aber dann, wenn er nun verlangt, daß ich reisen soll?« – »Dann sagst du ihm ganz bestimmt, daß du nicht willst.« – »Mein Lieber, geht das wohl an?« – »Er kann dich doch nicht in den Wagen hinaustragen.« – »Wenn er auch das nicht gerade thut, so kann er mich doch auf mancherlei andere Weise zwingen.« – »Das glaube ich nicht; Gehorsam bist du ihm ja schuldig, so lange es keine Sünde ist; aber du bist auch schuldig, es ihm deutlich zu verstehen zu geben, wie schwer es dir diesmal ist, gehorsam zu sein. Ich meine, er wird sich bedenken, wenn er dies sieht; jetzt wähnt er noch immer wie die meisten, es sei nur Kinderei. Zeige, ihm, daß es mehr ist.« – »Glaube mir, mit ihm ist nicht so leicht fertig zu werden. Er bewacht mich wie eine auf der Weide angebundene Gais.« – »Aber Tag für Tag zerreißest du den Strick mehrmals.« – »Das ist nicht wahr.« – »Und doch ist es wahr; so oft du heimlich an mich denkst, zerreißest du ihn.« – »Das thäte ich auf diese Weise freilich; aber bist du denn auch gewiß, daß ich so oft an dich denke?« – »Sonst säßest du nicht hier.« – »Mein Theuerster, du ludest mich ja ein hierher zu kommen!« – »Aber du kamst, weil es dich selber hierher trieb.« – »Oder auch nur, weil das Wetter so schön war.« – »So eben sagtest du erst, es wäre zu heiß.« – »Um den Berg hinauf zu gehen, ei freilich, aber nicht wieder hinabzugehen!« – »Weshalb gingst du ihn denn hinauf?« – »Um hinablaufen zu können,« – »Weshalb bist du denn nicht schon hinabgelaufen?« – »Weil ich mich ausruhen mußte.« – »Um mit mir von Liebe zu plaudern?« – »Ich konnte dir ja unbesorgt die Freude bereiten, dich anzuhören.« – »Während das Vöglein sang, –« – »und das andre schalt, –« – »und die Glocke klang –« – »in dem grünen Wald.«

In diesem Augenblicke sah das junge Paar, wie Marits Großvater auf den Hof hinausgehinkt kam, und die Glocke läutete, um die Leute zu wecken. Das Gesinde kam nun aus Scheunen, Schuppen und Hütten hervor, ging schläfrig nach den Pferden und zu den Harken, zerstreute sich über das Feld, und binnen kurzem herrschte überall wieder Leben und Regsamkeit. Nur der Großvater ging aus dem einen Hause in das andere und zuletzt bis auf dem höchsten Heuboden hinauf und schaute sich nach allen Seiten um. Ein kleiner Bube lief auf ihn zu, vermuthlich hatte er ihn zu sich gerufen. Darauf sprang er nach der Richtung hin, in der Oeyvind wohnte, während der Großvater in dem Gehöfte rings umher humpelte, wobei er oft nach dem Berge hinüber blickte und wohl am wenigsten ahnte, daß die schwarzen Punkte droben an der Felsenwand Marit und Oeyvind waren. Aber zum zweiten Male bereitete ihnen Marits großer Hund Verlegenheit. Er sah ein fremdes Pferd auf die Haidehöfe zufahren, und da er sich einbildete, sein Recht als Hofhund wahren zu müssen, begann er heftig zu bellen. Sie suchten ihn zu beschwichtigen, aber er war zu böse geworden und wollte nicht schweigen. Unten stand der Großvater und schaute gerade in die Höhe. Allein es wurde noch schlimmer, denn mit Erstaunen vernahmen alle Hunde der Sennerinnen die fremde Stimme und liefen herbei. Als sie wahrnahmen, daß es ein großer, wolfsähnlicher Hund war, versammelten sich alle die struppigen Finnenhunde herausfordernd um diesen einen. Marit erschrak so gewaltig, daß sie ohne Abschied davonlief. Oeyvind stürzte sich mitten in das Schlachtgetümmel, stieß und schlug um sich, allein sie verlegten nur den Kampfplatz und wieder erneuerte sich das Schlachtgewühl unter tosendem Geheul. Oeyvind immer hinter her, bis sich endlich der Kampf nach dem Ufer des Baches wälzte, und es ihm nun gelang, sie in das Wasser hinabzustürzen und zwar gerade an der tiefsten Stelle. Beschämt stoben sie auseinander, und die Schlacht im Walde erreichte damit ihr Ende. Oeyvind ging quer durch den Wald, bis er auf die Dorfstraße gelangte, während Marit dem Großvater, der durch den Hund aufmerksam geworden war, bei der Umzäunung des Gehöftes begegnete.

»Wo kommst du her?« – »Aus dem Walde.« – »Was machtest du dort?« – »Ich pflückte Beeren.« – »Das ist nicht wahr!« – »Nein, das ist es auch nicht.« – »Was machtest du denn?« – »Ich sprach mit jemandem.« – »Mit dem Käthnerburschen?« – »Ja.« – »So laß dir denn sagen, Marit, daß du morgen abreisen wirst.« – »Nein.« – »Ich will dir nur Eins sagen, nur das Eine: du sollst reisen!« – »Du kannst mich nicht in den Wagen hineinheben.« – »Nicht, könnte ich nicht?« – »Nein, einfach deshalb nicht, weil du nicht willst.« – »Ich will nicht? Nun gut! Nur aus Spaß, siehst du, nur aus Spaß will ich dir sagen, daß ich dem Lumpenkerl von deinem Liebsten die Rippen zerschlagen werde.« – »Das wagst du nicht.« – »Wage ich nicht? Du sagst, ich wage es nicht? Wer sollte mir etwas thun, wer?« – »Der Schulmeister.« – »Der Schul- Schul- Schulmeister? Du bildest dir ein, er kümmert sich um ihn?« – »Ja, weil er ihn auf der Ackerbauschule unterhalten hat.« – »Der Schulmeister?« – »Der Schulmeister.«

»Kurz und gut, Marit, ich will von deinem Umherziehen mit diesem Kerl nichts wissen, du mußt aus dem Kirchspiele fort. Du machst mir nur Sorge und Kummer, gerade wie deine Mutter, nur Sorge und Kummer. Ich bin ein alter Mann und will dich gut versorgt sehen, um dieser Geschichte willen will ich mich nicht von den Leuten einen Narren nennen lassen. Ich will nur dein eigenes Beste, das mußt du ja selbst fühlen, Marit. Mit mir ist es bald vorbei, dann stehst du allein da. Wie würde es wohl deiner Mutter ergangen sein, wäre ich nicht dagewesen? Höre also, Marit, sei verständig, gehorche und thue, was ich dir sage; ich will nur dein eigenes Beste.« – »Nein, das willst du nicht.« – »Ei sieh! Was will ich denn?« – »Deinen eigenen Willen willst du durchsetzen, nach meinem fragst du nicht.« – »Solltest du etwa schon einen Willen haben, du junges Ding? Solltest du etwa schon dein eigenes Beste verstehen, du kleine Närrin? Die Ruthe sollst du von mir bekommen, so groß und lang du bist. Merke auf, Marit, ich will freundlich mit dir reden; im Grunde genommen bist du gar nicht so unverständig, aber du bist irre geleitet. Du mußt mich anhören, ich bin ein alter vernünftiger Mann. Laß uns offen mit einander reden: es steht mit mir gar nicht so gut, wie die Leute denken; ein armer Vogel, der sein festes Nest nicht hat, kann mit dem Wenigen, was ich besitze, leicht auf und davon fliegen; dein Vater hat bereits hart zugegriffen. Laß uns in dieser Welt für uns selber sorgen, sie ist nichts Besseres werth. Der Schulmeister hat gut reden, denn er hat selbst Geld. Der Pfarrer besitzt ebenfalls Vermögen; die können klug predigen. Wir dagegen, die wir uns für das tägliche Brot abmühen müssen, mit uns ist es eine andere Sache. Ich bin alt, ich weiß vieles und habe mancherlei gesehen. Reden, siehst du, kann man ja schon von Liebe, aber sie führt zu nichts Gutem; für Pfarrer und ähnliche Leute will ich sie mir wohl gefallen lassen, aber wir Bauern müssen die Sache anders anfassen. Erst Nahrung, siehst du, dann Gottes Wort und dann etwas Schreiben und Lesen und dann ein wenig Liebe, wenn es sich gerade so macht; aber der Teufel soll mich holen, es kann kein gutes Ende nehmen, wenn man mit der Liebe anfängt und erst nachher an das Brot denkt. Kannst du mir darauf etwas antworten, Marit?« – »Ich weiß nicht.« – »Du weißt nicht, was du antworten sollst?« – »Ei nun, ich weiß allerdings etwas.« – »Nun also?« – »Soll ich es sagen?« – »Natürlich sollst du es sagen.« – »In meinen Augen nimmt die Liebe die erste Stelle ein.« Einen Augenblick stand er wie entsetzt da, gedachte dann der hundert ähnlichen Gespräche mit gleichem Ausgang, schüttelte den Kopf, drehte ihr den Rücken zu und ging seiner Wege.

Aergerlich zankte er die Knechte aus, schalt auf die Mägde, prügelte den großen Hund und ängstigte ein kleines Huhn, das sich auf den Acker hinausgewagt hatte, fast zu Tode; Marit selbst sagte er jedoch nichts.

Als Marit diesen Abend in ihr Kämmerlein ging, um ihr Lager aufzusuchen, war sie so froh, daß sie sich in das offene Fenster legte, lange hinausschaute und ein Lied anstimmte. Es war ein Liebeslied, welches sie vor kurzem erhalten hatte.

> Freund, liebst du mich,
> So lieb' ich dich,
> So lange ich im Leben weile.

Währt kurz auch die Freud',
Die der Sommer beut,
Sie kehrt im Lenz doch wieder in Eile.

Ach, fort und fort
Steht mir dein Wort
Von damals fest in meiner Seele.
Mit süßem Schall
Der Nachtigall Klang's hell:
du bist es, die ich wähle.

Litli – litli – lun!
Hörest du mich nun,
Bursche in dem Birkenwalde?
Plaudern möcht' ich wieder,
Dunkel läßt sich nieder,
Führ' mich auf der steilen Halde.

Valli – vallirus!
Wie, ich sang vom Kuß? –
Nein, gewiß das that ich nimmer.
Wie, du hast's gehört?
Ei, du warst bethört,
Wie spricht so ein Frauenzimmer!

Gute, gute Nacht!
Bald hat angebracht
Mir der Traum dein liebes Bild,
Höre dann dein Wort
Fort und immerfort,
Daß dein Herz ich ganz erfüllt.

Fordre jetzt nicht mehr,
Aeuglein wird mir schwer.
Weshalb willst du Antwort singen?
Steh nicht da und lach',
Bleib nicht langer wach,
Nimmer kannst du mehr erzwingen.

Zwölftes Kapitel.

Mehrere Jahre sind seit dem letzten Auftritte vergangen.

Es ist Spätsommer, der Schulmeister ist eben auf Nordistuen angelangt, geht durch die Hausthür, findet niemanden im Gange, öffnet eine andre Thüre, trifft wieder niemanden und geht immer weiter, bis in das innerste Zimmer des langen Gebäudes; dort sitzt Ole Nordistuen allein vor seinem Bette und betrachtet seine Hände.

Der Schulmeister grüßt und wird willkommen geheißen: darauf nimmt er einen Schemel und setzt sich Ole gegenüber. »Du hast mich aufgefordert, dich zu besuchen,« beginnt er darauf. – »Das habe ich,« entgegnete Ole.

Der Schulmeister legt das eine Bein über das andere, sieht sich in dem Zimmer um, nimmt ein Buch, welches auf der Bank liegt, und blättert in demselben. »Was willst du eigentlich von mir?« – »Ich denke gerade darüber nach.«

Der Schulmeister läßt sich Zeit, holt langsam seine Brille aus der Tasche, um den Titel des Buches zu lesen, wischt sie ab und setzt sie auf. »Du fängst an, alt zu werden, Ole.« – »Ja, und eben darüber wollte ich mit dir reden. Es geht abwärts mit mir, bald werde ich meine Augen für immer zudrücken.« – »Dann sorge dafür, Ole, daß du in Frieden schlafen kannst.« Bei diesen Worten schlägt er das Buch wieder zu und schaut nach dem Fenster.

»Es ist ein gutes Buch, welches du da in Händen hast.« – »Es ist nicht übel; – bist du oft über das Titelblatt hinweggekommen, Ole?« – »Ei nun, in der letzten Zeit, da – –«

Der Schulmeister legt das Buch bei Seite und steckt die Brille wieder in die Tasche. »Es geht dir nicht nach Wunsch, Ole?« – »Das ist nicht geschehen, so lange ich denken kann.« – »So ist es mir ebenfalls lange Zeit ergangen. Ich war mit einem guten Freunde uneins und verlangte, er sollte zu mir kommen, und so lange war ich unglücklich. Da kam ich auf den Gedanken, zu ihm zu gehen, und von Stund an ist es mir wieder gut ergangen.« – Ole blickt auf, sagt aber kein Wort.

»Wie denkst du denn, daß es mit dem Hofe geht?« – »Rückwärts wie mit mir selber.« – »Wer soll ihn bekommen, wenn du einst fortgehst?« – »Das weiß ich eben nicht, und das gerade ist der Gegenstand meines Kummers.«

»Deinen Nachbarn geht es jetzt gut, Ole.« – »Was Wunder, sie – sie haben den Agronomen zur Hilfe.«

»Du würdest Hilfe haben, Ole, du ebenfalls« versetzt der Schulmeister, während er sich gleichgiltig nach dem Fenster wendet. – »Es ist aber niemand da, der mir helfen möchte.« – »Hast du denn schon darum gebeten?« – Ole schweigt. »Einst,« fährt der Schulmeister fort, »stand ich mit Gott auf ähnlichem Fuße. – Du meinst es nicht gut mit mir, sagte ich zu ihm. – Hast du mich denn darum gebeten? fragte er. Nein, das hatte ich nicht gethan. Nun bat ich, und seitdem ist es sehr gut gegangen.« – Ole schweigt, aber nun schweigt der Schulmeister ebenfalls.

Endlich sagt Ole: »Ich habe eine Enkelin; sie weiß, was mir Freude machen würde, ehe ich den Weg alles Fleisches gehe, aber sie thut es nicht.« – Der Schulmeister entgegnet lächelnd: »Vielleicht würde es ihr keine Freude machen.« Ole schweigt.

Nach einer Weile begann der Schulmeister von neuem: »Dich bekümmert mancherlei, aber so weit ich verstehen kann, dreht sich doch alles zusammen schließlich nur um den Hof.« – Mit gesenkter Stimme erwidert Ole: »Seit Jahrhunderten ist er stets in den Händen meiner Vorfahren gewesen, und er hat guten Boden. Aller Schweiß meiner Väter liegt in ihm; aber jetzt will nichts mehr auf ihm gedeihen. Auch weiß ich nicht, wer, wenn sie mich hinausfahren, hineinfahren wird. Aus der Familie wird er nicht sein.« – »Deine Enkelin wird jedoch die Familie fortpflanzen.« – »Wie aber wird der, welcher sie nimmt, auf dem Hofe wirthschaften? Das möchte ich wissen, ehe sie mich in die Grube legten. Es hat Eile, Baard, sowohl was mich wie was den Hof betrifft.«

Beide schweigen längere Zeit, endlich sagt der Schulmeister: »Wollen wir bei dem schönen Wetter nicht ein wenig hinausgehen und uns auf dem Gute umsehen?« – »Ja, ich bin bereit; ich habe oben im Gebirge Arbeitsleute; sie sollen Laub holen, arbeiten aber nicht, wenn ich nicht immer dabei stehe.« Während er humpelnd seine große Mütze und den Stock holt, sagt er: »Sie arbeiten bei mir nicht gern, ich verstehe ja nichts.« Als sie hinausgekommen waren und um die Ecke des Hauses bogen, blieb er stehen und sagte: »Da siehst du es! Keine Ordnung, das Holz rings umher geworfen, das Beil nicht in den Block gehauen.« Er blickte sich mühsam, hob es auf und hieb es fest. »Dort ist ein Fell hinuntergefallen; hat es wohl jemand wieder aufgehängt!« – Er that es jetzt selbst. »Und hier die Vorratskammer; ist wohl die Treppe zu ihr wieder hinweggenommen!« Er trug sie selbst auf die Seite. Dann ruhte er einen Augenblick, sah den Schulmeister an und sagte: »So geht es einen Tag wie alle Tage.« –

Als sie bergauf gingen, hörten sie von den Berghalden her einen munteren Gesang. »Ei, sie singen bei der Arbeit,« sagte der Schulmeister. – »Es ist der kleine Knud Oestistuen, der da singt; er holt seinem Vater Laub. Dort arbeiten *meine*Leute, die singen gewiß nicht.« – »Es scheint keine im Kirchspiel bekannte Melodie zu sein.« – »Mir ist sie wenigstens nicht bekannt.« – »Oeyvind hat dort in Oestistuen viel zu thun gehabt; vielleicht ist sie eine von denen, die er mit heim gebracht hat, denn an Gesang darf es bei ihm nie fehlen.« Diese Bemerkung fand keine Erwiderung.

Das Feld, über welches sie gingen, war nicht gut; es entbehrte der Pflege. Der Schulmeister sprach es offen aus, und Ole blieb darauf unwillkürlich stehen. »Ich besitze die Kraft nicht mehr dazu,« sagte er fast wehmüthig. »Fremde Arbeitsleute ohne Aufsicht sind zu kostspielig. Aber glaube mir, es thut weh über solchen Acker zu gehen.«

Als sie auf die Größe des Gutes und auf das zu sprechen kamen, was am nöthigsten zur Bewirthschaftung wäre, beschlossen sie, den Abhang hinaufzugehen, um das ganze überschauen zu können. Nachdem sie endlich eine hohe Stelle erreicht hatten, und die ganze Feldmark vor ihnen ausgebreitet da lag, sagte der Alte bewegt: »Ich möchte das Gut nicht gern in dem jetzigen Zustande verlassen. Wir, meine Eltern so wie ich, haben dort unten gearbeitet, aber von unseren Leistungen ist nichts mehr zu sehen.« –

Plötzlich schallte fast unmittelbar über ihren Häuptern ein Lied mit jener eigenthümlichen Schärfe, die eine Knabenstimme bei einem kräftigen Gesange zu haben pflegt. Sie standen nicht tief unter dem Baume, in dessen Wipfel der kleine Knud Oesistuen saß und

Laub für seinen Vater abschlug, und sie hörten ihm unwillkürlich zu.

Wartet ein Gebirgspfad dein
Bei des Ränzels Schnüren,
Lege nur nicht mehr hinein,
Als du leicht kannst führen.
Nimm nicht mit des Thales Zwang
Auf die grünen Triften,
Werf' ihn ab mit lust'gem Sang,
Laß ihn in den Klüften.

Vögel grüßen dich vom Zweig,
Alle Sorgen weichen,
Können, wo die Luft so weich,
Nimmer dich erreichen.
Athme auf im Himmelsraum,
Und der Kindheit Bilder
Zeigen sich in Busch und Baum
Süßer noch und milder.

Hast du nie der Einsamkeit
Hohem Lied gelauschet?
Steh' und hör', wie weit und breit
Es kommt angerauschet.
Nur ein Bächlein rieselt dort,
Nur ein Steinchen rollet,
Doch es klingt wie Gottes Wort,
Der dem Sünder grollet.

Beb', doch bete, banges Herz,
Denkst du deiner Sünden!
Geht dein Trachten himmelwärts,
Wirst dein Heil du finden.
Wer des Heilands Wege geht,
Hört auf seine Worte,
Gehet, wenn sein Herz einst steht,
Ein zur Himmelspforte.

Ole hatte sich niedergesetzt und sein Gesicht mit den Händen bedeckt. »Hier will ich mit dir reden,« sagte der Schulmeister und setzte sich an seine Seite.

Sehen wir uns jetzt nach dem Käthnerhause um. Oeyvind war gerade von einer längeren Reise zurückgekehrt; der Miethswagen stand noch vor der Thür, da sich das Pferd erst ausruhen mußte. Obgleich Oeyvind als Bezirksagronom jetzt guten Verdienst hatte, so wohnte er doch noch immer bei seinen Eltern in dem kleinen Zimmer und half in der Wirthschaft, so weit sein Amt es zuließ. Ihr Feld war von einem Ende zum andern mit größter Sorgfalt bearbeitet, aber es war so klein, daß es Oeyvind scherzweise Mütterchens Puppenspiel nannte; denn sie betrieb vorzugsweise die Landwirthschaft.

Eben hatte er sich umgezogen, und auch der Vater, der von Mehl bestäubt aus der Mühle gekommen, war seinem Beispiel gefolgt. Sie standen gerade da und besprachen einen kleinen Spaziergang, den sie noch vor dem Abendbrot unternehmen wollten, als mit einem Male die Mutter ganz bleich in das Zimmer stürzte. »Seht nur,« rief sie, »es kommen gar seltene Fremde auf unser Haus zu!« – Beide Männer eilten an das Fenster, und Oeyvind brach zuerst in die Worte aus: »Es ist der Schulmeister und – ja, ich möchte es fast glauben; – ei natürlich ist er es!« – »Ja, es ist der alte Ole Nordistuen,« sagte Thore ebenfalls, während er vom Fenster zurücktrat, um nicht gesehen zu werden, da der Besuch schon ganz in der Nähe war.

Als Oeyvind das Fenster verließ, warf ihm der Schulmeister einen Wink zu. Baard lächelte und blickte nach dem alten Ole zurück, der gebückt mit kleinen Schritten am Stocke einherging, wobei er das eine Bein beständig höher hob als das andere. Man hörte, wie der Schulmeister draußen sagte: »Er scheint erst vor kurzem nach Hause gekommen zu sein, worauf Ole brummte: »Es wird mit seinem vielen Reisen so schlimm nicht sein.«

Lange standen sie draußen im Gange still. Die Mutter hatte sich in den Winkel verkrochen, in dem sie ihre Milchtöpfe aufbewahrte, Oeyvind lehnte sich, wie es ihm als jungen Manne zukam, mit dem Rücken gegen den großen Tisch und hatte das Gesicht nach der Thüre gewandt, und der Vater saß neben ihm. Endlich wurde angeklopft, und nun trat zuerst der Schulmeister ein und nahm den Hut ab, darauf Ole und nahm die Mütze ab, worauf er sich nach der Thür umkehrte, um sie zu schließen. Alle seine Wendungen gingen sehr langsam von Statten; offenbar war er verlegen. Thore erhob sich und bat die Eintretenden Platz zu nehmen; sie setzten sich beide neben einander auf die Fensterbank, und Thore nahm seinen alten Platz wieder ein.

Und nun wollen wir hören, wie es bei der Werbung herging.

Der Schulmeister ergriff das Wort. »Der Herbst hat uns doch noch schönes Wetter gebracht!« – »In der letzten Zeit ist es etwas besser geworden,« versetzte Thore. – »Seitdem der Wind umgeschlagen hat, wird es sich noch lange halten.« – »Seid ihr dort oben schon mit der Ernte fertig?« – »Ach nein; Ole Nordistuen hier, den du vielleicht kennst, wünschte gern deine Hilfe, Oeyvind, wenn sonst nichts im Wege steht.« – »Wenn sie verlangt wird, werde ich thun, was ich vermag.« – »Er meinte eigentlich nicht, daß sie augenblicklich nöthig wäre. Es will mit dem Gute nicht recht vorwärts gehen, und er meint, daß es an der rechten Triebkraft und Aufsicht fehlt.« – »Ich bin leider so wenig daheim.« – Der Schulmeister sieht Ole an; dieser merkt, er müsse jetzt ins Feuer rücken, räuspert sich einige Male und beginnt dann kurz und bündig: »Es war, es ist – ja, – es ist meine Meinung, es sollte gleichsam ein festes Verhältnis sein, – – du solltest es, hm, oben bei uns wie zu Hause haben, – – immer da sein, wenn du nicht auswärts bist.« – »Ich danke dir aufrichtig, allein ich möchte meine Wohnung nicht verändern.« – Auf einen Wink, den Ole dem Schulmeister giebt, ergreift dieser wieder das Wort: »Ole scheint heute in seinen Ausdrücken nicht glücklich zu sein. Der Grund liegt darin, daß er früher einmal hier gewesen ist, und ihn die Erinnerung an das damals Vorgefallene befangen macht.« – »So ist es,« fällt Ole rasch ein; »ich war damals geradezu toll. Ich wurde wegen des Mädchens so lange aufgezogen, bis der Faden riß. Laßt jedoch das alles vergessen und vergeben sein. Der Wind schlägt das Korn nieder, aber nicht der Schnee; ein Regenschauer löst keinen großen Felsenblock ab; im Mai bleibt der Schnee nicht lange liegen; es ist nicht der Donner, der das Leben nimmt.« – Alle vier lächeln, und der Schulmeister sagt: »Ole meint, du sollst nicht länger daran denken, Oeyvind, und auch du nicht, Thore.« Ole blickt sie an und weiß nicht, ob er wagen darf fortzufahren. Da sagt Thore: »Der Hagedorn faßt mit vielen Zähnen, reißt aber keine Wunden. In mir haftet sicherlich kein Dorn mehr.« – Dadurch ermuthigt, sagt Ole: »Ich kannte damals den Bursch noch nicht. Jetzt sehe ich, daß es wächst, wo er säet. Wie der Frühling, so die Ernte; in seinen Fingerspitzen sitzt Gold, und deshalb möchte ich ihn gern zu meinem Eigen machen.« –

Oeyvind blickt den Vater an, dieser die Mutter, und sie schaut seitwärts nach dem Schulmeister, worauf sich aller Blicke auf ihn richten. »Ole meint, er besitze einen großen Hof – –.« Ole unterbricht ihn mit den Worten: »Einen großen, aber schlecht bewirthschafteten Hof; ich vermag nichts mehr, ich bin alt, und die Beine sind außer Stande, die Absichten des Kopfes auszuführen. Aber ich glaube, es lohnt sich, wenn sich junge Kräfte seiner annehmen.« – »Unzweifelhaft ist er der größte Hof im Kirchspiel, « fällt der Schulmeister ein. – »Der größte im Kirchspiel, ja, das ist gerade das Unglück. Zu große Schuhe verliert man; mag das Gewehr noch so gut sein, man muß es doch heben können,« und sich schnell zu Oeyvind wendend, fährt er fort: »Könntest du dich seiner vielleicht annehmen?« – »Ich sollte also den Verwalter auf ihm spielen?« – »Ganz recht, ja; du sollst ihn bekommen.« – »Wie? Bekommen soll ich ihn?« – »Genau, wie ich sage; dann würdest du ihn schon verwalten.« – »Allein – –« – »Willst du nicht?« – »Ei wohl, natürlich will ich ihn.« – »Ja, ja, kann es mir denken; nun, da ist es abgemacht, wie die Henne sagte, als sie auf das Wasser flog.« – »Aber –« Ole blickt den Schulmeister verwundert an. – »Oeyvind will wohl nur fragen, ob er Marit auch bekommen soll.« – »Marit geht mit in den Kauf, mit in den Kauf,« rief Ole schnell. – Da verklärten sich Oeyvinds Züge, in seiner Freude lachte er hell auf, sprang jubelnd in die Höhe, und während alle drei in sein Lachen einstimmten, rieb er sich die Hände, lief im Zimmer auf und ab und wiederholte unaufhörlich: »Marit geht mit in den Kauf, mit in den Kauf!« Thore lachte laut und herzlich, und die Mutter blickte den Sohn von ihrem Winkel aus unverwandt an, bis sich ihre Augen mit Thränen füllten.

Nach einer Weile fragte Ole mit großer Spannung: »Was hältst du von dem Hofe?« – »Er hat vorzüglichen Boden.« – »Vorzüglichen Boden, ei ja wohl.« – »Unvergleichliche Weide.« – »Unvergleichliche Weide! Also wird sich etwas aus dem Hofe machen lassen?« – »Es soll der beste Hof im Bezirke werden!« – »Der beste Hof im Bezirke! Glaubst du, meinst du wirklich?« – »So wahr ich hier stehe!« – »Nun, habe ich das nicht immer gesagt?« – Sie redeten beide immer gleich schnell und paßten zu einander wie zwei Räder an einem Wagen. »Aber Geld,« warf Ole ein. »siehst du, Geld! Und ich habe keins!« – »Ohne Geld geht es freilich langsam, aber es geht.« – »Es geht! Freilich geht es! Aber es ginge schneller, sagst du, wenn wir Geld hätten?« – »Viel schneller!« – »Viel schneller? Hätten wir doch Geld! Ja, ja, wer nicht alle Zähne hat, kann auch kauen; auch wer mit Ochsen fährt, kommt vorwärts.«

Die Mutter blinkt Thore zu, der sie kurz, aber oft von der Seite ansah, während er sich auf seinem Platze hin und her wiegte und mit den Händen unaufhörlich bis über die Knie hinabstrich; der Schulmeister schaute verstohlen nach ihm herüber und Thore öffnete den Mund, hustete und machte einen Versuch zu reden, allein Ole und Oeyvind sprachen unablässig mit einander, lachten und schrien, so daß kein anderer zu Worte kommen konnte.

»Schweiget jetzt ein wenig, Thore hat auch etwas zu sagen,« unterbricht plötzlich der Schulmeister ihr Zwiegespräch. Sie schweigen und blicken Thore an. Dieser hebt endlich ganz leise an: »Von je her hat zu unserm Besitz eine Mühle gehört, seit letzter Zeit haben wir sogar zwei gehabt. Diese Mühlen haben im Laufe der Zeit manchen Groschen eingebracht; allein weder mein Vater noch ich haben je von diesem Gelde Gebrauch gemacht, ausgenommen als Oeyvind auf der Schule war. Der Schulmeister hat es verwaltet und sagt, es hätte sich durch die Zinsen, die immer sicher einliefen, vermehrt; aber nun ist es am besten, daß Oeyvind es auf Nordistuen anlegt.« Die Mutter stand in ihrer Ecke und machte sich ganz klein, während sie mit leuchtenden Augen Thore betrachtete, der sehr ernst da saß und fast einfältig aussah. Ole saß ihm mit offenem Munde gegenüber. Oeyvind kam von seinem Erstaunen zuerst wieder zu sich und rief: »Ist es nicht, als ob mich das Glück verfolgt?« Er ging darauf auf den Vater zu und klopfte ihn kräftig auf die Schulter. »Wie?« sagte er lustig, »du, Vater, hast Geld?« Und sich fröhlich die Hände reibend, blieb er vor dem Vater stehen.

»Wie viel Geld kann es wohl sein?« fragte endlich Ole den Schulmeister in flüsterndem Tone. – »Ein nun, es ist nicht so wenig.« – »Einige hundert Thaler?« – »Noch mehr!« – »Noch mehr?

Oeyvind, höre doch, noch mehr! Gott bewahre mich, was für ein Hof wird das werden!« Er sprang auf und lachte vor Wonne.

»Ich muß dich zu Marit hinauf begleiten,« ergreift endlich Oeyvind das Wort; wir wollen den Wagen nehmen, der noch draußen steht, dann geht es schnell.« – »Ei sieh, schnell, schnell! Willst du denn auch alles immer schnell haben?« – »Ja, schnell und wie toll.« – »Schnell und wie toll! Gerade wie ich in meiner Jugend, genau so.« – »Hier ist die Mütze und der Stock; jetzt jage ich dich fort!« – »Du jagst mich fort, ha ha, aber du kommst mit, nicht wahr, du kommst mit? Kommt ihr andern auch mit; heute Abend müssen wir zusammen bleiben, so lange das Feuer im Ofen brennt; kommt mit.« – Sie waren damit einverstanden, Oeyvind half seinem Schwiegervater in den Wagen hinein, und vorwärts ging es nach Nordistuen hinauf. Droben war der große Hund nicht der einzige, der sich wunderte, als Ole Nordistuen mit Oeyvind auf den Hof gefahren kam. Während Oeyvind dem Greise aus dem Wagen half, und Knechte und Tagelöhner sie angafften, kam Marit in den Flur hinaus, um zu sehen, weshalb der Hund so anhaltend bellte, blieb aber wie angewurzelt stehen, wurde blutroth und stürzte dann wieder in das Zimmer hinein. Der alte Ole rief sie indessen, als er eingetreten war, mit so fürchterlich lauter Stimme, daß sie wieder zum Vorschein kommen mußte. »Gehe hin und putze dich, Dirne; hier steht der Mann, welcher den Hof haben soll.«

»Ist es denn wirklich wahr?« rief sie, ohne es selbst zu wissen, laut und in freudiger Erregung. – »Ja, es ist wahr!« erwiderte Oeyvind händeklatschend. Schnell wie der Wind drehte sie sich nach diesen Worten um, warf, was sie in der Hand hielt, weit von sich und ergriff die Flucht; aber Oeyvind stürmte hinter ihr her.

Bald kamen der Schulmeister, Thore und seine Frau; der Alte hatte Licht angezündet und den Tisch decken lassen; Wein und Bier wurde aufgetragen, und Ole selbst blieb in beständiger Bewegung, wobei er die Beine noch höher als gewöhnlich hob, aber doch stets den rechten Fuß höher als den linken.

Ehe ich diese kleine Erzählung schließe, muß ich noch berichten, daß Oeyvind und Marit fünf Wochen später in der Kirche des Kirchspiels getraut wurden. An diesem Tage leitete der Schulmeister, da sein Stellvertreter krank war, selbst den Gesang. Bei seinem hohen Alter zitterte seine Stimme sogar ein wenig, aber trotzdem hatte Oeyvind Freude an seinem Gesange. Und als er Marit die Hand gereicht hatte und sie vor den Altar führte, nickte ihm der Schulmeister vom Chore hinab freundlich zu, gerade wie er es gesehen hatte, als er an jenem Tanzabende traurig da saß. Er nickte wieder, während ihm die Thränen in die Augen traten.

Jene Thränen auf dem Tanzfeste hatten die jetzigen zur Folge gehabt, und zwischen ihnen lag sein Glaube und seine Arbeit.

Hier schließt die Erzählung vom fröhlichen Burschen.

Ende.

Über tredition

Eigenes Buch veröffentlichen

tredition wurde 2006 in Hamburg gegründet und hat seither mehrere tausend Buchtitel veröffentlicht. Autoren veröffentlichen in wenigen leichten Schritten gedruckte Bücher, e-Books und audio-Books. tredition hat das Ziel, die beste und fairste Veröffentlichungsmöglichkeit für Autoren zu bieten.

tredition wurde mit der Erkenntnis gegründet, dass nur etwa jedes 200. bei Verlagen eingereichte Manuskript veröffentlicht wird. Dabei hat jedes Buch seinen Markt, also seine Leser. tredition sorgt dafür, dass für jedes Buch die Leserschaft auch erreicht wird.

Im einzigartigen Literatur-Netzwerk von tredition bieten zahlreiche Literatur-Partner (das sind Lektoren, Übersetzer, Hörbuchsprecher und Illustratoren) ihre Dienstleistung an, um Manuskripte zu verbessern oder die Vielfalt zu erhöhen. Autoren vereinbaren direkt mit den Literatur-Partnern die Konditionen ihrer Zusammenarbeit und partizipieren gemeinsam am Erfolg des Buches.

Das gesamte Verlagsprogramm von tredition ist bei allen stationären Buchhandlungen und Online-Buchhändlern wie z. B. Amazon erhältlich. e-Books stehen bei den führenden Online-Portalen (z. B. iBookstore von Apple oder Kindle von Amazon) zum Verkauf.

Einfach leicht ein Buch veröffentlichen: **www.tredition.de**

Eigene Buchreihe oder eigenen Verlag gründen

Seit 2009 bietet tredition sein Verlagskonzept auch als sogenanntes "White-Label" an. Das bedeutet, dass andere Unternehmen, Institutionen und Personen risikofrei und unkompliziert selbst zum Herausgeber von Büchern und Buchreihen unter eigener Marke werden können. tredition übernimmt dabei das komplette Herstellungs- und Distributionsrisiko.

Zahlreiche Zeitschriften-, Zeitungs- und Buchverlage, Universitäten, Forschungseinrichtungen u.v.m. nutzen diese Dienstleistung von tredition, um unter eigener Marke ohne Risiko Bücher zu verlegen.

Alle Informationen im Internet: **www.tredition.de/fuer-verlage**

tredition wurde mit mehreren Innovationspreisen ausgezeichnet, u. a. mit dem Webfuture Award und dem Innovationspreis der Buch Digitale.

tredition ist Mitglied im Börsenverein des Deutschen Buchhandels.

Dieses Werk elektronisch lesen

Dieses Werk ist Teil der Gutenberg-DE Edition DVD. Diese enthält das komplette Archiv des Projekt Gutenberg-DE. Die DVD ist im Internet erhältlich auf **http://gutenbergshop.abc.de**

Zeitfracht Medien GmbH
Ferdinand-Jühlke-Straße 7
99095 Erfurt, Deutschland
produktsicherheit@kolibri360.de